三浦部保男
MIURABE Yasuo

井の中の蛙
人は繋がっていることを知る

謹賀新年
今年も よろしく
お願い申し上げます

文芸社

序

その木箱の表には赤字で〝寿〟の文字があり、下に水引のマーク、そして臍帯御納器と縦書きされている。一番下には、自己一代保存と横書きされている。

今では出産後、産院や病院から母親に渡される、いわゆる「ヘソの緒」を入れるケースである。手に持つ彼には桐ぐらいしか思いつかないが、軽くて薄い木材でできた小箱である。

裏には上段に父の名と三十九歳、母の名と三十歳とあり、その下には二男、体重一・八七五瓩四九五匁、氏名、身長四七糎と記され、下段には出生地の住所が書かれ、昭和三十五年五月二十二日、午前零時十分生とある。そして左側に助産婦の住所と名前が小さく書かれている。

この物語は、高度経済成長期が始まった昭和三十五年に和歌山県で生まれた男の自分史である。

井の中の蛙◆目次

出生

母親の法事を済ませた後、彼が兄夫婦から「母の遺品を整理していたらこんなものが出てきた」と手渡されたのが、臍帯御納器と彼の氏名が書かれた黄ばんだ母子手帳であった。

和歌山県により昭和三十五年一月二十日付で交付された母子手帳。お産の記事の一部には、分娩(正常)、出血(少量)、産科手術(無)と記録され、分娩介助者として、医師ではなく助産婦の氏名と押印がある。また、新生児の出生時記録には体重一・八七五キロ(五百匁)、身長四七センチ、胸囲二六センチ、頭囲三〇センチとあり、特別なる所見、その他参考となる事項には〝未熟児〟と書かれ、赤い下線が引かれている。当時の赤ちゃんの大きさや平均的な体重は知らないが、彼は未熟児として生まれた。

彼には、昭和三十三年生まれの兄と昭和三十八年生まれの妹がいる。両親にとってみれば、三人の子供に恵まれた幸せな家庭だったのかも知れない。

彼の家は、血縁は薄いがお世話になっていたから型式的に〝母屋《おもや》〟として顔を立てていた同姓の地主の土地に、トタン屋根の二階建ての古い家。二階建てとはいえ、家の中に階段はなく、家の建て位置と条件から屋外からしか二階へ上がれない構造になっていた。その隙間風が入りまくるボロ家が、彼が五歳の頃まで、祖父母と父母、兄、妹の七人家族の住まいだった。

はっきり覚えてはいないが、彼が幼稚園児の時に祖母は中風で亡くなったと聞いている。何でも、母は父と結婚してから、

「おば（父は母親をそう呼ぶ）は学校へ行ってないから世間のことがわからないだけで、苦労をかけるが、よろしく頼む」

というようなことを言われ、そのように嫁としてつかえてきたと、生前の母から聞いていた。戦争を乗り越えてきた世代の人々が皆そうであったように、彼の両親はそれなりに、否、それ以上に苦労を重ねていたようだ。

と言うのも、彼の祖父はちょっと変わった文化人と思われるふしがあり、まじめに

こつこつと仕事を続けるような人間ではなかった。だから父は今で言う小学校を卒業後、高野山のある商店に丁稚奉公して働いていた。ある時、祖父は生活に困り、父の勤め先に給金の前借り――確か五円だったと聞いているが――をして、取りに来たことがあった。また、食べるのに困った時には、祖母の出家《でうち》（実家）にまで頭を下げて米をもらってくることも、一度や二度でなかったようである。

要は、根気よく働き苦労しながらも自分の家族を守る、というようなタイプでなかった。そんな祖父だけに、父の努力と辛抱は人一倍だったということになる。

こんな祖父がそれまでどのように生活してきたのか不思議に思う。どこで勉強してきたのか知らないが、祖父は田舎では珍しい、本を読む明治生まれの人間だった。そのため彼が中学生の頃まで、ボロ家には似つかないレベルの複数の客が定期的に集まっていた。短歌なのか俳句なのかわからないが、そんな風流をたしなむ町の名士とも思える老人が〝詠《うた》の会〟を開き、その先生というか主催者という立場に祖父がいた。いわば〝詠の会〟の会長だった。家族を養うお金はないのに、〝詠の会〟の作品を印刷するためのわら半紙、ガリ版や謄写機、そのインクまで、あのボロ家にあったことを彼は覚えている。

そんなことだから、父はきっと祖父のことを、しょうもない趣味道楽に尽力せず、ちょっとは家族を助ける方に使って欲しい、と思っていたはずだが、彼は実際にはそんな父の声を一度も聞いたことはなかった。

また、祖父は毛筆が得意で、硯なども上等なものを使っていた。今でこそ、消防団の出初式への御祝儀の風習が残る地域では、消防団からのお礼はパソコンで印刷された報告書が多くなったが、彼が子供の頃は、まだ和紙に手書きされたものを町内会の掲示板に貼り出すようなことが多かった。それは婦人会や青年団が主催する盆踊り大会でも、地元の人が御祝儀として寄付するような習わしが残っていた時代だ。このお礼やら報告書に、頂いた金額や氏名が記されてもいた。彼の祖父は、このような報告書を書く際、諸団体の会長さんや班長さんから頼まれることが多々あった。その出来映えは子供心にも見事なものだった。そして、年賀状なども達筆で、見映えが良かったことを覚えている。家庭内ではどうであれ、祖父はそれなりに地元で評価され、貢献していたのだと彼は思った。

楽しき小学校時代

未熟児として生まれた彼だったが、幼稚園児の時は脱腸（ヘルニア）の手術で入院したぐらいで、大した病気もせず小学生になった。

ここに昭和四十二年度の通知表がある。小学校名、第一学年、そして児童名に彼の名が書かれ、保護者名に父親の名が書かれている。「No.2」となっているのは、当時は五十音順で、彼より早い名字の男子児童が一人いたからである。

この通知表を見ると、まず、学習の記録として、Ⅰ各教科の評定、Ⅱ学習についてという所見欄がある。教科は国語、社会、算数、理科、音楽、図画工作、家庭、体育があり、学期として一・二・学年末の三行となっている。そして5と評価されたのは体育の学年末だけで、他は全部4と3の評価であり、3より4が少しだけ多い。Ⅱ学習についての所見には、各教科に観点という欄がある。例えば、国語には聞く、話す、読む、作文、書写があり、一行あけて進歩の状況とある。

「所見」の欄の◯……あなたとしては特にすぐれています

×……あなたとしては特に努力が必要です

「進歩の状況」は綜合的にみて進歩の著しい場合に◯をつけます

このように通知表の正しい見方？　解説？　も欄外に書かれています。

おそらく彼の両親がうれしかったのは、綜合所見欄に書かれていた担任の先生からのコメントではなかったか。そこには次のように書かれていた。

〔一学期〕落着いてよく聞いて学習するので成績は良好です。理解力、思考力、創造力がそろっているのでどの教科もむらなくよく出来ます。お話、朗読、書字は几帳面で大変上手です。絵は少し弱々しい感じがします。行動面も大変良い子です。

〔二学期〕算数の思考力はすばらしく良好です。文字も形もよく、力の入れ方抜き方がはっきりしていて大変上手です。体育面も活発で技能もすぐれています。

朗読は稍練習不足です。どの学習でも読むことから始まります。この面に努力しましょう。

〔学年末〕思考力がありどの教科も大変良く出来る。特に社会、理科が進歩しました。社会的な常識が発達しているので良い方向に伸ばしたい。三学期委員長としてよくつとめました。

当時の子供たちがほとんどそうであったように、彼の両親も三人の子供たちに「勉強せよ」というような言葉は言わなかったと思う。子供たちに食べさすことが精一杯の家庭で、まじめに生きてさえいれば、世の中の成長が自然に子供たちを成長させていく、と信じていい時代だった。

この通知表を見ていて、今、彼が一番懐かしいのは出欠の記録欄である。四月〜翌三月までの授業日数は計二百四十九日で、出席停止、忌引などの日数は0である。ただ出席しなければならない日数二百四十九日の内、八月に欠席日数3（小さな文字でプール熱）と記録されている。当時、八月は夏休み中だったから、校内水泳大会の日を含む登校日に高熱で学校を休んだと思われる。

二年生になった。担任は一年生から持ち上がった女の先生だった。全く同じ型式の昭和四十三年度の通知表では、音楽が一学期、二学期、学年末とも3と記録されている。それ以外は全ての教科・学期で4と5ばかりで、一年生時と比べれば5がずいぶん増えている。

評価する先生が同じ人だったからか、綜合所見欄には次のように書かれている。

〔一学期〕落着いて積極的に学習するので大変進歩しました。特にテストには強いです。責任感があり係の仕事はきちんとします。科学工作などもよく考えてできます。朗読はもう少し練習しましょう。

〔二学期〕算数ではよく筋道をたて順序よく考えるので文章題や計算は正確に出来ます。漢字も筆順をまちがえずきれいに書けます。学習態度非常によく注意深くそつがありません。図画も上手ですが力強さがありません。委員長としてよく努めました。

〔学年末〕頑張りやで学習には大変積極的でよく考え、仕事も几帳面にするので、どの教科も進歩しました。常識豊富で指導力もあります。より以上に建設的な態度で勉強しましょう。

なのに、Ⅱ学習についての所見、教科は社会の観点「社会的道徳的な判断」の欄は、一年を通して×（あなたとしては特に努力が必要です）になっている。他に×が付けられた観点は国語では学年末の〝読む〟、音楽では一学期と学年末の〝歌を歌う〟、二学期の〝音楽を演奏する〟などである。彼の記憶では小学生の頃、特にきらいな教科はなかったが、音楽だけはいやな気持ちで早く終わればいいと思っていた。中でも同級生と出席番号順に一台のオルガンに二人ずつ座って受ける時間が苦手だったのを覚えている。

また、出欠の記録欄では欠席日数が二月に2とあるだけで、彼は二年生の時も一年を通して、ほぼ毎日学校生活を楽しんでいた。

三年生、四年生時はそれぞれ担任の先生が替わったが、どちらも母親と同じ年齢ぐらいの女の先生だった。

低学年から中学年になったからか、当時の教育方針からかわからないが、昭和四十四年度分の通知表から型式が少し変わっている。A４判位の大きさの紙がまん中で折られ左側には〝学習のようす〟、右側には〝生活のようす〟とある。

〝学習のようす〟は縦に教科が分かれ、横に一学期・二学期・学年末となっている。教科には段階と観点があり、観点は教科ごとにいろいろ書かれている。それを学期ごとに〝よくできる〟〝できる〟〝ふつう〟〝少しおくれている〟〝努力しましょう〟の段階に分け、観点ごとに○印を入れる用式である。それまでの五段階を数字で表した評定欄がなくなり、一人一人の学校生活をわかりやすい言葉で、やさしく評価するようになった感じがする。

右側の〝生活のようす〟では、教科の欄が「場面」と書かれ、〝遊び〟〝相談〟〝保健〟〝給食〟〝そうじ〟〝係のしごと〟〝勉強〟とあり、各々一学期・二学期・学年末を〝よくできる〟から〝努力しましょう〟の段階に○印を入れるようになっている。〝遊び〟の場面には、元気よく遊ぶ・なかよく遊ぶ・きまりを守るなどの観点がある。

〝相談〟には、決めたことを守る、〝保健〟には、つめ切り・歯みがき・洗顔をする、〝給食〟には、好ききらいをしない・行儀よく食べるなどの観点があり、具体的である。また、〝そうじ〟には、進んで働く・友達と協力する・道具を大切にするなどの観点があり、〝係りのしごと〟では、責任をもってする・くふうをするとある。

当時の日本の社会は、義務教育の段階で、本当にすばらしい考えをもっていたと感心する。

三年生、四年生を通して、学習のようすで〝少しおくれている〟に○が記されているのは、四年生時の一学期、教科は社会で「基本のことがわかる」という観点だけで、あとは全て〝ふつう〟以上に○印されている。ちなみに、この観点も二学期には〝ふつう〟になり学年末には〝できる〟に○印が移っている。

（よかったなあ）

彼は思う。担任のH先生にも、よかったなあ、と。

また、生活のようすでは、四年生の二学期の給食は「好ききらいをしない」。ここにも〝少しおくれている〟に○印がある。彼が小学生の頃、給食に納豆は出なかったはずだから、不思議である。そして、三年生の生活のようすでは、〝そうじ〟のどの観点も一年を通して〝ふつう〟以外に◯がない。

――U先生、本当によく見ていたなあ！

この生活のようすを表した右側には、その下に三年生時には備考欄があり、四年生時には特記事項がある。三年生の学年末には「第三学期学級委員（副委員長）としてよくその責任を果してくれました」と書かれている。四年生の二学期には「学級委員長を務める。秋季競書会硬筆特別金賞、郡美術展に入選する。町文化祭に図画出品する」とあり、学年末には「書初競書会、硬・毛共に金賞、真面目にすべてにおいて、よく努力しました。この調子で頑張って下さい」とある。

この二年間で、遅刻・早退は0、四年生の一月に病気による欠席が一日だけある。

――ほんまによかったなあ。

いよいよ五年生である。この年、彼の担任は初めて男のT先生になった。しかも、彼の兄も四年生から六年生の三年間、このT先生が担任だった。

一学年が二十人前後で、全校生徒が百二十人位の小学校。校長が幼稚園の園長先生も兼ねていたから、百四十人前後がいっしょに運動会や水泳大会を楽しんだ記憶がある。用務員の〝ねえちゃん〟を含め、校長、教頭以下合計十一人の教職員で、学校を見守っていたような雰囲気があった。

当時、T先生は子供たちから「こわい先生」「きびしい先生」というイメージを持たれていた。当然彼も、兄からの話だけでもそのように思っていた。子供の目で見ても、T先生は他の先生よりも子供たちのことを真剣に考えてくれているように見えた。

職員室と向かい合った位置に、児童たちが書いた絵や習字を展示するガラス戸が付いた展示パネルがあった。この職員室と展示パネルの間を通らないと、どの教室にも行けない校舎の造りになっていた。職員室側には大きな黒板が設置されていた。おそらく毎月の目標やら行事予定などが書かれていたと思われる。彼はこれを、T先生以外の人が書いているのを見たことがなかった。この小学校に勤めている年数も関係があったのかも知れないが、おそらく自主的にリーダシップ的な考えから、T先生が本当にきれいで、読みやすい字で、赤や黄の色チョークも使い、絵まで描かれていたのを覚えている。

また当時、毎年春先には家庭訪問があった。それは各担任が、受け持った子供たちの家庭の様子をつかみ、子供たちを応援するために行われていた。

こんなことがあった。彼の兄が五年生の時、T先生が家庭訪問でボロ家に来た。その日訪問されることがわかっていただろうから、家には母親がいた。彼も学校から帰っていた。そして祖父もいた。土間から見た祖父の前には火鉢があった。上に古い鉄ビンがのっていた。T先生はこれに興味を持ったのか、

「南部鉄ビンですか」

などと話をしていた。そして祖父が母に合図でもしたのだろうか。家族の誰もアルコールは飲めないのに、母はT先生にビールを出した。先生はおいしそうに全部飲んだ。祖父の性格や彼の家庭の様子が全部知れわたったのではないか、と子供心に思ったことを彼ははっきり覚えている。T先生が帰った後、祖父は、

「ビールまで飲みよったなあ」

と何かを確かめるようにしゃべったことも覚えている。

このT先生が書いた彼の五年生時の通知表によると、生活のようすの下の特記事項の欄、二学期には「まじめによく考えて努力している」、学年末には「よく考えて、元気よく発表できる」と書かれている。

教科を見ると、音楽の観点〝歌を歌う〟〝楽器を演奏する（ハーモニカふえなど）〟〝基本のことがわかる〟の三点と、家庭の観点〝てぎわよくつくる〟だけが「ふつう」に○印され、その他全てが「よくできる」か「できる」になっている。

生活のようすでも、給食の観点〝適当な時間内に食べる〟〝行儀よく食べる〟と、そうじの観点〝道具を大切にする〟〝きちんと整理する〟が「ふつう」で、それ以外は全て「よくできる」「できる」に○印されている。

――変わってないなあ。

そして特記事項の下に「※学習のようすは児童ひとりひとりについての記録で、ほかの人との比較ではありません。保護者で児童をじゅうぶんはげまし力をのばしたかめるようご協力下さい」と印刷されているのが、今見ると妙に気になるのだった。

次に六年生の通知表では、それまで一学期、二学期、学年末とあったのが、六年生時だけ、一・二・三となっている。また、〝よくできる〟〝できる〟〝ふつう〟〝少しおくれている〟〝努力しましょう〟の段階が、五段階の数字による定評段階欄になり、〝できる〟〝ふつう〟〝努力しよう〟の三区分に変わっている。彼は、三学期の家庭だけが評定3で、あとはどの教科も5か4になっている。

生活のようすではそれまで、遊ぶ・相談・保健・給食・そうじ・係りのしごとの六つの場面が、遊び・保健・給食・〈児童会・学級会〉活動の四つに減っている。ここにきて初めて登場した〈児童会・学級会〉活動では、その観点〝学校のきまりをまもる〟と〝みんなのものをたいせつに使う〟が一・二・三学期とも〝ふつう〟であり、〝できる〟ではなかった。また、給食の観点〝行儀よく食べる〟でも一年を通して〝ふつう〟であった。

（T先生もよく見てるなぁ）

その下の特記事項の二学期には「積極的に元気いっぱい学習しています。児童会長として、その責任をよくはたしています」とあり、三学期には「根気強く努力しており、理解力がすぐれています」と書かれている。

もう半世紀以上前の小学校時代になるが、忘れられないことが何点かある。

彼の小学校は昔から水泳がよくでき、泳げない子はほとんどいなかったと思う。夏休みには、水泳が得意でない子供向けに水泳教室が開かれ、午後には地方大会を目指した〝特訓〟と呼ばれる練習があった。これにもT先生は熱心で、小学生にしてはなかなかきびしかったのである。平泳ぎの足が、よく言う〝あおり足〟になった彼は、クロールや背泳ぎほど上手でなく、〝特訓〟がいやで、その時間が長く感じたことを覚えている。

また、夏休みといえば、虫採りである。高学年ともなれば、自転車に乗ってかなり遠くまでカブト虫やゲンジ（クワガタ）を採りに行った。仲良しの友達がみんな行くので、朝四時位には起きて〝ラジオ体操の前に一仕事を終える〟というような毎日だった。中でも一学年上のTちゃんはすごかった。当時の子供たちはいつでも泳ぎに行けるよう「せった」と呼ばれるゴムぞうりをはいて虫採りに行くことが多かった。T

ちゃんはその「せった」を片手に、カブト虫やカナブンの周りを飛ぶ大きなスズメ蜂をたたき落としてくれた。一学年下の彼らは、クヌギやスモモの木の下、地面や畑やらに一瞬落ちる蜂を飛ぶ前に踏みつぶすのだった。この蜂に刺されでもしたら大変なことになっていただろうと、今になって思う。そして、数日後には〝虫密度〟が高すぎる小さな容器で何十匹ものカブト虫が死んでいった。

――なんと殺生な行為であったことか。

五年生になって、家庭という教科があった。T先生もピアノは弾けたと思うが、音楽と家庭の時間だけは先生が替わった。この家庭の初めての時間。今でもおいしいブルボンのホワイトロリータというお菓子。先生は、みんなにこのお菓子を一本ずつ配った。そしてナイロンをはずさず、包まれたままのホワイトロリータをまん中で二つに折ってから食べることを教えてくれた。彼はこの時、教室で初めてホワイトロリータを食べた。

(なんとおいしいことか)

二つに折った時、必ずできてしまうホワイトロリータの粉まできっちり食べたことを忘れない。

最後に強烈に覚えていることがある。職員室と運動場の間に中庭があった。この中庭には「温故知新」の文字が彫られた大きな石や二宮金次郎の銅像が建っていた。何年生の時か忘れてしまったが、朝早く一人で登校した時、この二宮金次郎の土台の影で、犬が交尾していた。急に、もやもやした変な気持ちになった。この交尾を最後まで見届けたことを彼は明確に覚えている。

手元に、小学校の卒業記念文集がある。タイトルは「さくら」。この文集の黄ばんだわら半紙の最後のページに、T先生のあいさつが書かれている。

「六年のあいだ、がんばりぬいてきた一歩一歩のあしあとをふり返り、中学校への新しい第一歩を力強くふみ出すために、この文集をつくりました。この文集は、みなさんのエネルギーのかたまりです。

新しい世界が待っています。

自分の目的に向かって力いっぱいがんばってください。目的に通じる道はけわしく遠いが、いつも全力を出しきったかどうかをたしかめて、進歩のものさしにしてほしいと思います。（T）」

T先生こと田林先生、思い出の多い小学校生活、ありがとうございました。

郵便はがき

料金受取人払郵便

新宿局承認

7553

差出有効期間
2024年1月
31日まで
（切手不要）

160-8791

141

東京都新宿区新宿1－10－1

(株)文芸社

愛読者カード係 行

ふりがな お名前			明治　大正 昭和　平成　年生　歳
ふりがな ご住所	□□□-□□□□		性別 男・女
お電話 番　号	（書籍ご注文の際に必要です）	ご職業	
E-mail			
ご購読雑誌（複数可）		ご購読新聞 新聞	

最近読んでおもしろかった本や今後、とりあげてほしいテーマをお教えください。

ご自分の研究成果や経験、お考え等を出版してみたいというお気持ちはありますか。

ある　ない　内容・テーマ（　　　　）

現在完成した作品をお持ちですか。

ある　ない　ジャンル・原稿量（　　　　）

書　名					
お買上 書　店	都道 府県	市区 郡	書店名		書店
			ご購入日	年　　月　　日	

本書をどこでお知りになりましたか?
1.書店店頭　2.知人にすすめられて　3.インターネット(サイト名　　)
4.DMハガキ　5.広告、記事を見て(新聞、雑誌名　　)

上の質問に関連して、ご購入の決め手となったのは?
1.タイトル　2.著者　3.内容　4.カバーデザイン　5.帯
その他ご自由にお書きください。
(　　)

本書についてのご意見、ご感想をお聞かせください。
①内容について

②カバー、タイトル、帯について

弊社Webサイトからもご意見、ご感想をお寄せいただけます。

ご協力ありがとうございました。
※お寄せいただいたご意見、ご感想は新聞広告等で匿名にて使わせていただくことがあります。
※お客様の個人情報は、小社からの連絡のみに使用します。社外に提供することは一切ありません。

■書籍のご注文は、お近くの書店または、ブックサービス(0120-29-9625)、セブンネットショッピング(http://7net.omni7.jp/)にお申し込み下さい。

思春期の中学校時代

昭和四十八年四月、彼は中学生になった。近隣の多くの中学校がそうであったように、彼の通う中学校も男子生徒はみんな丸ぼうず頭であった。当時の校則に丸ぼうずと書かれていたかどうかわからないが、小学生の時からそんな頭だったので、何の抵抗も感じず三年間を過ごした。

いっしょに小学校を卒業した二十一人が、同じK中学校に進学した。K中学校には当時、彼とは別の小学校出身の生徒が百人足らずいたので、合計で百十人前後の規模になる。彼らはA・B・Cの三クラスに分かれる。一クラスが四十人位におさまり、三クラス×三学年で三百人超の生徒総数の中学校であった。

中学生になった彼にとって、一番環境が変わったのは電車通学だった。走れば五分で登校できた小学校から、わずか二駅とはいえ、名札を付けた学生服と制帽での電車通学に、彼は改めて中学生になったことを自覚した。

また、三百人以上の生徒の中にはいろんな子供がいた。K中学校にもA・B・Cのクラス以外に当時〝特殊学級〟と呼ばれていた教室があった。彼の同級生にも、そこに通う二人の生徒がいて、体育と技術・家庭の授業はその二人もいっしょだった。ひょっとすると音楽もそうだったかも知れない。


中学生にもなると男子も女子もたがいに「異性」を意識するものである。告白というようなたいそうなものではないが、彼にもそれなりに声がかかった。

一人は彼が小学生の時、初めて食べたホワイトロリータを配ってくれた先生の娘さんで、いわゆる頭の良い女の子に、どんな断り方をしたのか覚えていない。

もう一人はその後、中学校を卒業するまでいわゆる〝付き合った〟Hちゃんだ。たぶんHちゃんが直接、彼に告《こく》ったのではなく、Hちゃんの友達数人で彼を呼び出し、そのように伝えてくれたのだった。そして二人は、教室が連なる木造の校舎と構堂との間、ちょっとした目に付きにくい場所で会っていたのを覚えている。Hちゃんがなぜ、彼のことを想ってくれたのか、はっきりとはわからないが、彼女は彼とは別の小学校の出身で水泳部に入っていた。K中学校は水泳部の成績が非常に優秀で、県大会どころか近畿大会でも名を残すような伝統校である。だから、彼の学年にも水泳部に入るのが目的で、隣町から越境入学し、平泳ぎですごい記録を残した友達もいた。

三百人超の半分が男子だったとすると、百五十人位になる。中には運動が苦手な生徒もいただろうが、百人位の男子生徒が何らかの体育系のクラブ活動をしていたと思う。当時、サッカー部はなかったが野球やバスケット、また女子だけだがバレーボールもあり、学校内のクラブ活動として団体競技のスポーツが成り立つ華々しい時代だった。

ちなみに彼は陸上部だった。一九七二年、彼が小学六年生の時、ミュンヘンオリンピックがあった。開会前に、男子バレーボールがメダルを取れることが濃厚だったのか、「ミュンヘンへの道」というテレビ番組が放送された。それに感化された彼は、中学生になったらバレー部へ入りたいと考えていた。しかしK中学校には、バレーボール部は女子だけで男子はなかった。だから、彼は野球やテニスではなく、卓球でもなく、夏には川に泳ぎに行けるような陸上部に入った。結局彼は、当時の体育会系のクラブのしんどさから逃げただけだった。

だから、全校集会で各種大会で入賞してくる水泳部員たちの記録を紹介し、表彰状やメダル、トロフィーを手渡すことが多く、その中にHちゃんも入っていた時、彼は彼女のことをうらやましく思った。

田舎の中学校で、同級生同士が〝付き合う〟と言っても、当時もそうであったように、女の子の方が男子よりませていた。しかも、とびっきり気が小さくてウブな彼は、Hちゃんと手を握り合ったこともなかった。運動会でのフォークダンスで女の子が順番に入れ替ってきて、Hちゃんといっしょになった時、ちょっとドキドキしながら他の女の子より強く手を握ったことを覚えている。Hちゃんとは夏休みや冬休みに、他の付き合っていたカップルと数人で出かける程度のデートだった。

さて、学習面である。

ここに彼の中学生時代の成績通知表と個人考査成績通知表が残っている。二つ折りの成績通知表には、まず学習成績の発達記録と書かれ、国語、社会、数学、理科、音楽、美術、保健体育、技術家庭、英語の九教科があり、それぞれ一学期、二学期、学年末の評定を十段階で表している。

その下には、見開きの左側が出欠の記録で、右側には身体の状況がある。それぞれ学年の四月末現在となっている。彼の身長は、一年で一四四・二センチ、体重三五・五キロ、胸囲七〇・五センチ、座高八〇・五センチの他、視力や聴力、色神、未処置歯、ツ反応などの項目がある。彼は短足だった。二年生、三年生と身長は一五三・二センチ→一五八・五センチ、体重も四二・五キロ→五四・〇キロと成長している。当時の中学生の平均的な体格がどんなだったかわからないが、男子としては小柄だったと思われる。でも、母子手帳には〝未熟児〟と書かれていたのだから、それなりに育ったことにしておこう。

そして欄外に、

【1】評定は十段階で表し、10が最高で以下順番です。人数割基準は、10は二％、9は五％、8は九％、7は一五％、6は一九％、5は一九％、4は一五％、3は九％、2は五％、1は二％。

【2】所見は、個人の比較的すぐれている点を○印、劣っていると思われる点を×印で示す。

とある。

しかし、三年間を通して所見欄には○も×も表示されず空白のままであった。学校全体の方針だったのか、教科ごとで専門の先生に教わるため、この通知表を記録する担任の先生がさぼっていたのか、それはわからない。ただ十段階での数字が所定欄に記入されているだけである。

一年生で10が記録されているのは、三学期を通しての美術と技術家庭の学年末だけである。6以下の評価はないが、数学と音楽は一年間通して7で、中学生で初めて習った英語は一学期7、二学期7、学年末8となっている。単純にこの数字だけを追えば、一年生より二年生、三年生の方が10と9の割合が増え、7がだんだん減っている。ということから学習成績は発達したということにしておこう。ただ、数学と英語は9以上の記録がなく、最高でも8だった。これが、彼の将来にどう影響していくのか、まだまだ想像すらできなかった。

そして、個人考査成績通知表には、中間・期末・実力テストや模擬テストでの結果が、そのまま点数表示されている。各学年には国・社・数・理・英は中間、期末ともテストがあったが、音楽、美術、保体、技家は学期末にしか記録されていない。

模擬テストは三年生では九回分も記録されているが、二年生では一回もなく、一年生では中学生になってすぐにでも実施されたのか、英語の欄は空白で、国語・社会・数学・理科の四教科だけ点数が入っている。満点が何点だったのか知らないが、総点数が253になっていて、順位という欄に「5」と書かれている。これは二十一人の小学校から百十人の中学校に入った直後、点数だけ見ればその中の五番だったことになる。

（上等じゃん！）

この順位という欄は、二年生では学年末だけにしか表記がないが、三年生では模擬テストどころか各学期の中間・期末テストにも記されている。評定が十段階の数字だけで、しかも人数割基準が決まっていた相対評価の三年間で、彼はこの〝順位〟という欄を見ることが好きだったことを覚えている。

また、中学生時代の思い出として残っていることが何点かある。

一つは〝K中行進〟である。K中学校では秋の運動会のプログラムに、伝統的な〝K中行進〟というのがあった。三百人以上の全校生徒が行進曲をバックに、いくつかのプログラムを経て、最後に「K」「中」という二つの人文字を作るのである。この行進の途中、四列の縦列で角《かど》を曲がる時、列がだんだん外側に広がってしまい、目標地点では大きく外側にふくれてしまうことが度々あった。これをよろしく思わなかった彼は、みんなから離れてでも、目標地点にまっすぐ行進し、全体の行進を軌道修正している気になっていたことを覚えている。

また、当時、K中学校では各学期に、生徒会の会長、副会長を決める全校生徒による集会、選挙があった。二年生の何学期か忘れたが、彼が副会長候補として講堂で演説し、大爆笑を取り、近年まれに見る得票数で圧勝したことも覚えている。

そして幼い行動でしかなかったが、やはりHちゃんのことである。初めてのプレゼント交換。彼は何を贈ったのか思い出せないが、彼女からは瀬戸物の貯金箱をプレゼントされた。白いオーバーオールを着て白い帽子をかぶっている男の子。この大きめの帽子の正面には、赤いハートのシールが貼られている。また二年生のバレンタインデーには、手編みのマフラーと大きなハート型のチョコレートをもらっている。当時使っていた衣装ケースに隠すように丁寧にしまい、何回にも分けてチョコレートを食べたことを忘れていない。家族へのはずかしさもあったのか、このマフラーを巻いて学校へ行ったことは一度もない。

しかし、白いオーバーオールにＪＯＮと赤い字で書かれている貯金箱は、赤い色がだんだんかすれてきているが今も置いてある。

——Ｈちゃん、ありがとう。

しかし彼女は還暦も待たず、病気で他界してしまった。

——Ｈちゃんのご冥福をお祈り申し上げます。

最後に、中学校での三年間を通して、無遅刻・無欠席で早退数も０の記録には、小柄な彼の頑張りがあったように思う。

——お母《か》ちゃん、本当にありがとう。

部活動と高校生活

彼の住む近隣地域には、普通科や工業科だけでなく、一部、商業科を持つ県立高校が四校あった。そして、彼が通ったI高校には、当時、普通科とは別に園芸科・生活科まであった（現在は農芸高校として独立している）。「どの高校にでも間違いなく余裕でOKです」的な言葉を、K中学校の卒業前に、母親を含めた三者面談でかけられていた彼。彼は、その先にある将来まで考えず、I高校に入学している。ただ単に、二歳年上の兄がI高校に通っていたからとの理由だけで……。

また、二つの小学校の出身者だけで成り立っていた（水泳部の越境入学者は除く）中学校から高校ともなれば、近隣でも知らない地名の出身者が集まっていた。

昭和五十四年の春（昭和五十三年度）のI高校の卒業アルバムには、普通科だけで二百六十五人の顔写真が載っている。

当時、I高校では二年生の時に将来を考え、いわゆる文系か理数系どちらに進むか判断した。中学校までは、まじめに授業を受けてさえいれば、先生の言うことがわからないと思ったような経験はない。しかし彼は、高校でsinθ（サイン）、cosθ（コサイン）、tanθ（タンジェント）あたりから数学がわからなくなった。そしてあきらめた。よって、三年生では文系を選ばなければならなかった。

ちなみにI高校のレベルでは、一クラスだけが理数系になるのが普通で、残りはみんな文系であった。彼の学年では理数系は三十一人だけで、しかも全員男子だった。残り二百三十四人の学生が五クラスに分かれるから、一クラスが四十七人前後になり教室が狭く感じられた。

入学時から彼はバレー部に入部した。中学校では女子しかなかったから何の迷いもなかった。しかし、I高校に入学してくる多くの中学校には男子バレー部があり、ほとんどが中学生からの経験者だった。高校生になってからのバレーボールは、小柄な彼にとってなかなかの難敵だった。柔軟体操の後、先輩から教えられたアンダーパスですらまっすぐ返せなかったことを覚えている。疲れ切っての帰宅後、五右衛門風呂でオーバーパスをイメージしながら両手首でお湯をかき、これで鍛えていたつもりになっていた。

彼が通っていた普通科の校舎には体育館が一つしかなく、クラブ数に対してその練習場所が充分でなかったように思う。いつもバスケとバレー部で体育館を半分ずつ使っていた。

そして〝ミュンヘンへの道〟ではないが、高校のクラブレベルでも変化するサーブやオープンでのアタック以外、サインプレーでのレシーブ、クィック攻撃、ブロックなどの本格的なプレーに彼は驚いてもいた。当時のI高校では、普通科以外の同級生も同じクラブに所属していた。また、女子バレー部の面倒をみていた数学のS先生が熱心だった。男子では、おそらく社会人になっていたと思われる部活の先輩Iさんが、放課後に合わせ、体育館によく来てくれた。この先輩に、

「ボールがコートに落ちるまで、最後まであきらめるな」

とよく言われたことを、彼は覚えている。詳細な経過は忘れてしまったが、三年生

の高校総体（インターハイ）の県予選まで一度もやめずにバレーを続けた同級生は二人だけだった。三年生の夏、下級生にも入ってもらったチームでの最後の公式戦。一回戦だけ勝って、二回戦で最後のサーブをうつ時、「これで、しんどかったバレーを終われる」と思ったことを明確に覚えている。

クラブ活動から解放された彼は、大学へ行きたいと考えていた。しかしこの考えは経済的にかなりきびしいものだった。

その時、喘息もちの彼の父はまだ電鉄会社の従業員だった。両親は大学より家のことが心配なようだった。子供たちの将来を考えた時、いつまでもボロ家では長男の結婚も難しい、と考えていたと思われる。I高校三年生で理数系のクラスであった彼の兄は、そんな家庭事情も考えていたのだろう。私立の大学はどこも受けず、自宅から通える国公立を一校だけ受験したがうまくいかず、興味があった専門学校に進学していた。そして彼が高校卒業の年、社会人になっている。

彼が大学受験の年、国公立に共通一次試験が導入された。いわゆる共一元年だ。部活動を終えた彼は、三年生の夏休みに塾に行った。塾といっても、女子バレー部の顧問だったS先生が、自宅で催している程度のものだった。当時、数学のS先生は〝公務員〟だったので本当はよくないことだったと思われる。しかし彼のことを心配してくれたS先生が声を掛けてくれた。そして共通一次試験に申し込んでいた彼は、人生初の塾というものを体験した。

その頃、彼にはおぼろげながらも夢があった。「アナウンサーになりたい」という夢だ。

いつぐらいだったろうか、土曜日か日曜日かも忘れたが、夜九時のゴールデンタイムに、NHK特集という番組があり、これを彼は毎週、自宅の白黒テレビで見ていた。ある日、イギリス近海の〝北海油田〟を取り上げた番組を見た。この番組を進行していた勝部領樹というアナウンサーの、解説というか話す言葉に、彼はいたく感動し、「すごい」と体を震わせた。まさにスペシャルだった。気が小さいくせに、人前でしゃべることが好きな彼の単細胞が反応したのだ。

そんな単純な彼は、大阪芸術大学に放送学科があることを、K中学校の陸上部でいっしょだった、I高校ではブラスバンド部の同級生S君に教えてもらった。S君は、大阪芸大の演奏学科を目指していた。

彼は芸大の入試要項を取り寄せた。そして、その授業料を見てびっくりした。彼は、両親と初めて、本気で向き合った。彼の父は鉄道会社に勤める自分の経験から、日本は学歴社会だと感じていたのだと思う。そして、進学したければ受験してもよいということになった。

それ以後、彼は共通一次試験だけは受験したが、二次試験にはどこも出願しなかった。大阪芸大の放送学科しか見えなくなっていた。S先生の塾も夏休みだけで行かなくなった。そしてまずは、芸大の「学費全額免除試験」という入試を目標にした。小論文と実技があったことを覚えている。

彼の家では当時、朝日新聞を購読していた。彼は毎日、「天声人語」を書き写し、小論文の練習をした。どんな形で指導してもらったのか思い出せないが、彼はその小論文の練習をK先生に毎日見てもらっていた。K先生は三年時のクラスの副担任で、国語の先生だった。高校三年生ともなると、三学期に全員がそろうような日は少ない。

そんな中で、授業のある日はもちろん、最後の学年末テストが終わってからも実質的な春休みまで、ずっと小論文の練習を指導してもらうことになっていく。

K先生の旦那さんも、隣の高校の先生でバレー部の顧問をされていたと思う。バレー部の練習試合では、その高校にもおじゃましていたから、ひょっとすると、この先生はK先生から彼のことを聴いていたのかも知れない。

練習の成果もあって、彼にとって初めての大学入試では、小論文はよく書けたと思った。しかし、試験が終わって、いわゆる〝芸大坂〟を下っている時、彼は絶望した。二つの課題があった小論文。どちらも書かなければならなかったことを、大勢の受験生の会話から知った。彼は小論文の問題文を読まず、一題だけ仕上げたのだった。結果は当然、不合格。後日、それを知らせる薄っぺらい封筒が自宅に届いたことを忘れていない。

二回目の入試。月日までは覚えていないが、本試験も大阪芸大で受けた。今から思えば、なぜこの二回目の試験で合格できなかったのかわからない。結果は不合格。学費全額免除という名の一回目の試験に続いて、薄っぺらい封筒が届いた。

この年、芸大の二次試験が東京であった。いわゆる地方試験で、会場は拓殖大学。バレー部の一年先輩に、東京の大学へ進学していた人がいた。彼はこの先輩の実家に、父親と二人で、手みやげを持って、東京へ連れて行って欲しいことを頼みに伺った。幸いにも、先輩は帰省していた。すると、「追試験を受けなければならないからで、芸大の二次試験日より十日間位前に東京に戻ることになっている。この時、いっしょに東京に行くのなら」との条件で、彼は東京へ行くことが決まった。

八王子の先輩の下宿先には、アイドルの水着ポスターやヌード写真がいっぱい貼ってあった。先輩は追試験とはいえ勉強などせず、二日間位、テストを受けに大学へ行ったように思う。そしてこの十日間に、大きな船の博物館（晴海埠頭だったか）や上野動物園へパンダを見に連れて行ってくれた。また、先輩がパチンコに行く時も付いて行き、彼はこの時、初めてパチンコを経験した。地方試験日の前日、聖蹟桜ヶ丘駅からどのような経路だったかわからないが、試験会場となる拓殖大学を下見に連れて行ってもらったことを覚えている。

この間、両親はどう思っていただろうか。想像するだけで、申し訳なく、怖い気がする。

そして試験当日。三回目ともなれば、どんなレベルなのかわかってきていたように思う。実技では、短いラジオドラマを聴いた後、いくつかの設問に答えていったように思う。また面接では、多くの受験生が私服だったので、「東京にまで来て、なぜ学生服なのですか」と問われ、「学生服で来ることが、当り前だと思います」と応えたことだけ覚えている。彼はそんな学生だった。

I高校の卒業式は、三月一日に済んでいた。

三月下旬、芸大から届いた合格通知の封筒は分厚かった。たぶん、入学料や前期の授業料などの納付書、入学式の案内などが入っていたと思われる。この合格通知を受け取った日、彼はI高校に行き、担任ではなく、バレー部でお世話になったS先生と卒業後も最後まで小論文の練習を見ていただいたK先生に、合格を報告している。

——ありがとうございました。

憧れの大学生活と現実

昭和五十四年四月、彼は大学生になった。入学式は大阪フェスティバルホール。合格通知に同封されていたであろう入学式の案内に沿って、新調してもらったスーツに初ネクタイで彼は出席した。自宅を出る時、ものすごくいい天気だったこと、初めて行ったフェスティバルホールの二階席には、入学生の親であろうと思われる着物姿の人がたくさんいたことを覚えている。

(なんとまあ、あれだけの入学費用を取る大学は違うなあ)

彼に放送学科の存在を教えてくれた、中学からの同級生S君は、演奏学科に合格していた。そればかりか、I高校からは音楽学科に女性が一人、また一年遅れで美術学科に一人が入学し、和歌山の田舎の県立高校としては、芸大に同級生が四人も進学したことは珍しいことだったと思う。

南河内の丘陵地にコンクリート打ちっ放しの校舎が何棟も並ぶ風景は、その周りを取り囲むぶどう畑と相まって世界が違うように、彼は感じた。

また、彼の大学進学について、まだ家を新築できていなかった両親にとって、ある種の覚悟が必要だったと思う。それだけに、入学後の手続きを終え、いよいよ新しい人生のスタートだと期待していた彼にとって、学生課だったか教務課だったか忘れてしまったが、その棟の白板に張り出された「休講のお知らせ」の多いことは、ショックだったし腹が立った。スムーズに乗り継ぎができても、片道二時間以上を要した通学時間。しかも最後は、近鉄南大阪線喜志駅前から金剛バスという地方バス会社に委託されたスクールバスを利用しなければならなかった。このバスはいつもギュウギュウ詰めで、猿顔の小柄なおっさんが学生の尻を押して詰め込んでいた。そうして大学に着いたのに休講とは、結局、まともに授業が始まったのはゴールデンウィーク明けだったことを明確に覚えている。「授業料を返せ」とも思った。

放送学科の定員は、八十~百人位だったと思うが、彼の入学時には百二十人位の新入生がいた。中でも彼が驚いたのは、北海道から沖縄まで、ほとんどの都道府県の出身者がいたことだ。その当時、彼の認識では、放送学科という学科は日本大学の芸術学部と大阪芸大にしかなかった。

（なるほどなあ）

またこの年、彼の妹がI高校に入学している。妹の話では、入学式で学校の説明と共に、先生の紹介でもあったのだろう。

「Sという数学の先生が、兄貴のことを言うとったワ。『この春の卒業生に、三年間やめずにクラブ活動を続け、アナウンサーになりたいという夢から、芸大の放送学科だけを地方試験まで追いかけ、最後に合格したから、何事も最後まであきらめないことが大切なんや』って」

そんな彼も大学生活に慣れてきて、芸大の環境というか雰囲気というか、世代の空気に流されていった。放送学科といえども、文学部とか経済学部といった普通の大学に進学した学生同様、一般教養科目があった。手元に残っている成績証明書によると、一般教養科目には人文科学、社会科学と自然科学の三つの系列があり、卒業所要単位は三十六単位となっている。この三つの系列に、一学科四単位の授業が全部で三十九、羅列されている。評価基準には優（100〜80点）、良（79〜70点）、可（69〜60点）となっている。

卒業するためには、この一般教養科目では三十六単位以上あればいいのだが、彼は合計で、七十二単位（4×18）も取っている。まるでそうすることが、高い授業料を取り返すことのように。

しかし、思う。

例えば、社会科学系列に社会心理学という授業があった。この講義は一回生時の月曜日の一限目だったと記憶しているが、担当の教授の著書（教科書）を買えば「可」の成績はもらえるとのうわさで、下宿先の先輩からこの教科書を譲ってもらった者でも、毎回配られた出席カードが六割以上提出されてさえいれば、単位はくれるなどと言われていた。この社会科学系列の講義では、新聞論という授業をよく覚えている。どこか四大紙を定年退職した元新聞記者の教授が、「新聞に書かれていることが世論だ」と決めつけていた。早口でしゃべり続ける講義全文を書き出し、帰宅してから清書していたことを覚えている。

また、人文科学系列には美術概論という授業があり、これを三回生時の必修科目の間の空き時間に受けたが、何を言っているのかよくわからなかった。講義で使う教科書まで買って毎回出席しても理解できない学科だったのに、「優」の成績が残っている。

そして自然科学系列に、音響学というのがあった。これは放送学科がもっていたスタジオ内で、様々な楽器の音をひろうために、各種マイクを設置したのだが、そんな機器にうとかった（苦手だった）彼は、グループ分けされたメンバーで詳しかった友達について回っただけだったと反省している。あれだけの学費を払ってもらいながら、なぜ、もっと積極的に質問し、設備に触れようとしなかったのだろうか。

外国語科目には英語が第一外国語で、第二外国語として仏語、独語、伊語が記されている。卒業所要単位では第一外国語が八単位となっていたからか、英語のⅠ・Ⅱ・Ⅲ・Ⅳの各二単位で八単位をそろえただけだった。覚えているのは、『不思議の国のアリス』の英語版が教科書で、これを和訳するような授業だ。少なくとも共通一次試験まで受けていた彼には、高校生じゃないぜ、といった感覚だった。

また基礎実習系という欄には、音声実習ⅠⅡ、技術実習AB、演技演出実習ⅠⅡ、効果実習ⅠⅡ、音声実習Ⅲがあり、演技演出実習Ⅰ以外で十単位を取っている。さらに専門実習系では、ラジオ実習、広告実習ⅠⅡ、テレビ実習、アナウンスメントⅠⅡがあり、ラジオ実習の四単位だけに〝良〟の成績が記されている。当時の放送学科は、たぶん三回生でラジオ・テレビ・広告の三つの内一つを専攻しなければならなかった。彼はラジオ専攻だったが、テレビと広告はその実習が四回生時まで続き、ラジオだけが三回生で終わることができたからだったと思う。

三回生時の夏休みだったと思うが、彼のボロ家に、放送学科の友人が三人宿泊したことがある。ラジオの実習で、彼が提案した「高野紙」という和紙を取り上げたラジオ録音構成が選ばれ、その取材のためだった。彼の地元の町役場や季節的とはいえまだこの紙すきを実践していたおばちゃん、またこの和紙を実際に使っていた高野山のお店などにマイクを向け、「デンスケ」と呼ばれていた録音機をかつぎ、取材させていただいたことを覚えている。これに放送学科のスタジオで、アナウンスブースからのナレーションを重ね、編集して十五分程度の作品に仕上げたのだ。彼は、このカセットテープを卒業後も長い間、持っていた。

次に、専門科目として講義と演習があった。講義では放送概論から始まり放送史、技術論や音声学、報道論、演劇論、放送法規や視聴覚教育まであり、最後に卒業論文が記されている。またラジオ専攻だったからか、同じ講義欄でも数行空白をおいて、広告概論とか芸能デザイン論、世論と社会調査、ドキュメンタリー論、マーケティングリサーチなどの単位も記されている。

演習では、ラジオ研究ⅠⅡ、報道研究、作品研究があり、専攻ではなかった広告研究ⅠⅡや脚本創作研究ⅠⅡなどの二単位も取っている。放送学科では当時、〝放送シアター〟と呼ばれた発表会があった。主に三回生、四回生が協力し、幼少期の学芸会みたいなことを専門スタジオで撮影までしたものだ。彼は三回生の時、このシアターで好意を持っていた女性と化粧され、短いセリフまで用意され、役者を演じている。

最後に、保健体育科目があり理論二単位と実技ⅠⅡで計四単位の卒業所要単位をクリアしている。当時、放送学科には男女が半分ずつ位いたと思うが、体育は男女別々だった。大学生にもなって、学校指定の体操服を買わされ、体育担当の先生は、学生が購入する体操服の納入業者から無料《タダ》で、ウエアーやシューズをもらっていたらしい。ただ、授業はグラウンドでソフトボールやらバレーボールをして遊んでいただけで、まことに楽しい時間だったことを覚えている。

テレビからの影響も受け、アナウンサーを夢みた彼だったが、和歌山弁というか、言葉のアクセントそのものが、標準語圏からはものすごく遠い世界が日常だったので、それはムリだと勝手にあきらめていた。そして、アナウンスの専門学校にまで行きたいというようなお金のかかることを親には言えないとも考えるようになっていた。

ただ、片道二時間以上もかかる通学だっただけに電車内で、よく本を読むようになっていた。中でも、渡辺淳一の文庫は全部読んだと思う。また当時、マスコミの世界に勤める会社員の収入が、その他の仕事より高かったイメージが強く、そんな世界で仕事がしたいと考えるようにもなっていた。

学年がすすむにつれて、取得単位や授業時間に余裕が出てきたことから、彼はよく映画を観るようになった。当時、学割でロードショーが千円だったと思うが、常に入場料を払っていたわけではなかった。というのは、芸大の専門分野の講師には、マスコミの現場から来ている人が結構いて、関係者の試写会などに連れて行ってもらうことも度々あった。そして通学での乗り替え駅売店で、よく新聞を買っていたので、その社が主催する試写会などのプレゼントにもしょっちゅう応募し、よく当たったものだ。チラシやパンフレット集めもした。そして映画を観た日には必ず、感想文やら意見を四百字詰め原稿用紙二～三枚にまとめ、書き留めていた。そんな文章を、試写会に誘ってくれた講師に、次回の講義後、手渡しして読んでもらっていたからますます関係が深くなったことも事実である。さらに『キネマ旬報』をよく購入していたから、映画関係の仕事もしてみたいとあこがれることもあった。

そして入学時の「マスコミの仕事は浅くてもいいから、幅広い、いろいろな知識が必要だ」という言葉を信じていたから、例えば、話題になった米軍基地問題や原発のしくみなど、よくわからないなりに本を読むようになっていた。そして、通学中に新聞から見つけた「大阪大学開放講座」という有料の講演会も聴講し、彼にとっては本当に難しい内容であったが、修了証なるものを二年続けていただいている。

そんなこんなで、四回生時には必修科目以外、卒業論文だけを履修すればいい立場になっていた。昭和五十七年の秋、大学構内に張り出された求人票からは、自分の実力も知らず、大手マスコミばかりを受験した。

就活に関して、いくつか覚えていることがある。一つはNHKの記者職。芸大とはいえ、何人選ばれたのか知らないが、学内推薦でNHKの試験を受けている。結果は散々たるものだった。中でも英語は、おそらく百点満点なら五点位しかなかっただろう。

新聞社も日程が許す限り、複数社を受けた。ここで気付いたのは、どの試験会場でも見たことがあるような顔に出会ったことだ。当時のマスコミを志す者は、似たような考えを持つ受験者が多かったのだろう。そんな中で、神戸新聞社というブロック紙の試験では、小論文がまずまず書けたので、ひょっとしてとも思ったが、不合格だった。

さらに、日本映画の製作・配給会社では、会社訪問で「去年、当社《うち》の専務さんの子供さんが受けましたが、採用していません」と言われる始末で、当時の邦画界の不景気さを実感したことも覚えている。

結局、受かったのは（株）情報センターという求人広告専門誌を発行していた会社だけだった。一応、東京には出版局を持つ会社だったが、広告というだけでマスコミの一部だと考え、試験らしい試験もなく、ただ面接だけで内定をもらっていた。

還暦を過ぎ、この自分史を書いている彼にとって、大学の四年間は必要なかったようで、青春の一コマに過ぎなかったのであった。

新社会人として

第〇〇〇号

卒業証書

××××（彼の氏名）

昭和三十五年五月二十二日生

本学芸術学部放送学科の

課程を修めたのでここに

卒業証書を授与し

芸術学士と称することを認める
昭和五十八年三月二十五日

大阪芸術大学
学長　堀江駒太郎【印】

彼は、昭和五十八年三月二十五日にこの卒業証書を受け取りに大学へ行っている。一社しか受からなかった就職先では、すでに研修という名の仕事が始まっていた。確か、大阪環状線桜ノ宮駅近くのリバーサイドホテルだったと思う。彼が就職した年、同期の新入社員は七十人以上いたと思うが、皆がこのホテルに集められ、何日間かの缶詰教育をされていた。その研修中に大学の卒業式があり、当日の朝、ホテルから大学へ向かったものと思う。

（入学式はフェスティバルホールだったのに、金を取るだけ取れば卒業式は学校でか）彼はそんなことを思っていた。その日、和歌山の実家に卒業証書を持って帰った気憶がある。翌朝、研修に間に合うように、実家を出たはずである。

研修の詳しい内容は覚えていないが、それまで（親が）お金を支払うという立場から、会社からお金をもらう（稼ぐ）という立場になるのである。社会人としての常識や、ほとんどが営業職として採用されていたと思われるので、訪問相手先のドアの開け方から名刺の受け渡しまで、前年度のトップセールスマンらに、ロールプレイングされていたように思う。また、当時の主力媒体として、日刊でのアルバイト情報誌を発行していたので、その過程として印刷工場なども見学に行った。また、当時のほとんどの企業にあった〝社是〟は暗記して、朝礼で輪番制で唱和するのだった。

当時も仕事を求める人を手助けする職安（公共職業安定所）はあったが、実際にどんな方法で就職先を見つけたのかを尋ねれば、「職安の紹介で」は求職者全体に占める割合で見れば高くなかっただろう。いわゆる、就職情報誌はうなぎ登りの時代で、彼の学生時代にも、その最大手リクルート社からは百科事典かと思われるほど分厚いリクルートブックが個人宛に送られてきていた。当時の新卒者は、これにお世話になった方も多いと思われる。バブル経済に向かっていく世の中で、人材を求める側も、ある程度の求人費用を割ける時代であった。中でも、関西圏でのアルバイトやパートの募集は、彼の就職先である（株）情報センターが出す「アルバイト情報」と学生援護会の「アルバイトニュース」で二分されていた。もちろん、正規雇用の転職では「就職情報」を発行するリクルート社がダントツだった。

こんなご時世にも実家から通いたいと考えていた彼は、堺支局を希望して、そこが初めての勤務先になった。堺支局には当時、支局長以下三人の営業マンと岸和田などの南大阪方面の担当者がいて、彼を含めて五人になった。いわゆる、北新地やミナミをかかえる支局ではなく、全社に占める予算も小さな支局だったと思う。〝予算〟という言葉から、ひと月に使っていいお金と思うが、それは大間違いで、彼が売り上げなければならないノルマだった。

彼の仕事は、この堺支局を管理する南ブロックの中心、南支局（難波にあった）とのメッセンジャーから始まった。朝一、南海高野線堺東駅と難波の往復だ。その後、主に担当エリアとなった堺市の山手側半分に、50ccのカブで出かけるのだった。

それまでの担当者から引き継いだ顧客（アルバイト情報掲載原稿の切り抜き＝J先）とライバル社（アルバイトニュースへの切り抜き＝N先）の会社を中心に営業するのだ。当時、ライバル社を含め、大阪市内中心部の募集に対して、よっぽど時給が高いとか福利厚生が優れていない限り、堺市以南の地域では「広告だけもらって応募はなし」というような傾向が強かった。それどころか、和歌山の田舎者が地図を片手に、50ccのカブで何車線もある道路を雨の日も走るのだ。目的地に着くのが精一杯で、営業などできたものではなかった。毎日夕方、事務所に戻り、支局長から「今日はなんぼや？」の声に「0です」の日々が続く。

売り上げはなくても腹は減る。全員の注文を聞き、駅前のマクドへ買い出しに行くのも新入社員の仕事だった。それを食べた後、近くの飲み屋街へ名刺やパンフレットを〝投げ込み〟に行き、ライバル社のそれを破棄する。新入社員の一ヶ月は「今日で会社をやめます」と上司に言おうと思いながら、その勇気が出なかった毎日だった。

ある時、新人では担当するのがムリだと思われる彼のエリア内の大口顧客の原稿を支局長が取ってきてくれ、〝今日も0だ〟と帰社したのに、白板（個人別の実績表）に売上が書かれており、ホッとする日もあった。


堺支局でお世話になったお客さんがいた。顧客だったとはいえ、何年も前の原稿をたよりに行った建材会社。社長以下、全従業員でも十人そこそこの零細企業。

「求人のご担当者様はいらっしゃいますか」

受付の事務員さんが奥の部屋（社長室？）に彼の名刺を持っていって、「入って下さい」との返事。この時、社長さんは「君の礼の仕方と挨拶が気に入った」との理由だけで、初めての売り上げをくれた。しかも、広告スペースは一番小さいサイズの二倍のスペースを買ってくれた。社長さんと会話し、以前の原稿も参考に三万円のスペースに、手が震えながら二枚重ねの原稿を書いた。

「新規のお客様ではございませんので、掲載初日のお届け日、ご集金させてもらえませんか？」

「アホか、ウチは月末〆の翌二十日払いや」

　ホテルでの缶詰研修では、「新規顧客はできるだけ前金で、お客様でも掲載日初日、お届け時の集金をまず言え」と教えられていたのだ。この社長からは世の中の常識を教わったような気がした。

　平日三日間の掲載後、四日目に〝フォロー〟のために再訪問する。

「どうでしたか？」

「アカンな、今のところ電話の問い合わせが二件だけで、面接には誰も来よらん」

「そんなもんですヨ」とは口が裂けても言えなかった。彼が担当した間、同顧客からは二度と声はかからなかった。

やったらやっただけ

全社に占める規模も小さかった堺支局でも、一名増員して対前年売り上げがマイナスでは本社が許さない。また、当時、破竹の勢いだった南ブロックでも、Mブロック長は他の支局から〝ミナミの鬼〟と思われていた。確か、売り上げの鬼、Mブロック長と堺支局との話し合いで、彼は入社三ヶ月で南支局へ異動になった。

南ブロックには、彼が三ヶ月お世話になった堺支局と天王寺以東から住之江区方面を担当する天王寺支局が外局としてあった。もちろん、中心は南支局である。難波中《なんばなか》のプリンスビルが当時の処点で、いわゆるミナミを治める係と浪速区や大正区・西成区担当の係、そして西区や港区の係に分かれていた。

異動となった彼は、ここで浪速区の一部と大正区のエリアを担当することになった。中心部とは言えないが、大阪市内の市場規模は堺支局の比ではなかった。当然、固定客も多く、営業マン一人当りの予算もパイも大きくなった。詳しい数字はわからないが、彼の担当したエリアに課せられたノルマだけで、堺支局全体の予算に匹敵するものだった。

そして、この新しい担当エリアの中の大正区は、それまで積極的に営業されてなく、電話で注文をくれるお客さんに、アルバイトが掲載誌を届けていたような行政区だった。アルバイト情報（J）だけでなく、ライバル社のアルバイトニュース（N）でも、そんな市場と考えられていたと思われる。

求人広告の営業というものがどういうものなのか、慣れも加わり、また南支局には同期入社組が何人かいたこともあり、彼はもう「この仕事をやめたい」とは思わなくなっていた。それどころか、大正区はまだ未開拓のエリアだったので、会社の方針通り、研修で教わった通り、まじめにこつこつ営業すれば、結果がついてくる市場だった。入社一年目の八月に、彼は初めて売上目標（予算）を達成している。

本社では毎月の締めで、ホテルの宴会場で全社員参加の表彰式を行っていた。入社以来、毎月この宴会で、おいしいものを食していたが、T社長の、

「目標達成者の皆さん、おめでとう」

「未達成者はぶらさがり社員だ、ということを認識して下さい」

この言葉は、それが当り前の時代だった。

当時、この表彰式の場で、達成者には給与以外の報奨金が手渡されていた。「アルバイト情報」に初めて掲載してもらった新規先。ライバルのアルバイトニュースから乗り替えさせたN先。その他、月次の回収率だとか、評価の内容はいろいろあっただろう。当然、ノルマに対する達成率が一番だった。初めて手にした報奨金は、当時の彼の基本給ほど支給され、〝やったらやっただけくれるエエ会社だ〟と思えるようになっていた。

また、この報奨金という現金以外に、達成月ごとに、日本経済新聞社が発行する『私の履歴書　経済人』という本に、T社長直筆の言葉を添えて、一巻ずつ順番にプレゼントされていた。贈られた達成者に、どれだけこの本を読んだ人がいたか、疑問は残るが。彼の初めての達成月、手渡された『私の履歴書』には、

贈呈　××××君

人生において重要なことは、大きな目標を持つと共に、それを達成できる能力と体力を持つことである（ゲーテ）

T社長の氏名【印】

昭和五十八年九月七日

とある。

このエリアを担当していた時のことだ。

女子事務員の仕事に、担当者ごとにエリア別の対アルバイトニュースとの市場占有率を毎日計算するというものがあった。情報対ニュース（J：N）、同日発売の両誌を比較し、個人の担当するエリア内に、何件の求人広告が出されているか、その住所から割り出すのだった。掲載原稿にはいろいろな大きさがあり、大きいスペースほど広告料金は高いはずだが、ライバル社の値引きや契約内容まではわからないから、あくまで出稿件数だけが目安である。

彼の、昭和五十九年一月〜三月までの市場占有率には目ざましいものがあった。ひと月の稼働日は、情報誌を発行しない土日祝を除けば、約二十日となる。月度初日から日数が経てば経つほど稼働日数は進むが、十日過ぎ、十一日が過ぎてもライバルのアルバイトニュースには、彼の受け持つエリアの掲載がなかった。「Jの占有率一〇〇%」。こうなると月締めのいつまで一〇〇%が保《たも》てるかが、支局内で話題になり、最終的に八〇%以上の成績が残ったことがある。そんなことから一月と三月の予算は達成している。

その時も『私の履歴書』が贈られた。第二巻には、

贈呈　××××君
挑戦
比べて、競って、追い着き、追い越せ、（ライバルに、自己の最高記録に、）自由主義経済社会の活力と繁栄とそして発展は実にこの競争原理が働くところに

ある。

T社長の氏名【印】

昭和五十九年二月六日

第三巻には、

贈呈　××××君

人に勝たんと欲する者は、

必ず先ず自ら勝つ（呂氏春秋）

T社長の氏名【印】

昭和五十九年四月十日

とある。

失われた自信

入社後、一年が過ぎた。同期入社は三十人位に減っていたと思う。桜ノ宮のリバーサイドホテル。ちょうど一年前、新入社員研修を受けた同じ場所に、彼はトップ営業マンとして立った。日中の営業を早めに終え、夕方六時にはロープレなどを実践し、自分の一年間をしゃべったのだと思う。この時、会社が用意してくれたホテルの夕食は、ものすごく上等なものだった。

こうして迎えた二年目の春、彼は再び異動を命ぜられ、西区と港区をエリアとすることになった。ここの係長は、学生結婚をしていた芸大の出身者だった。

ここで、彼は西区の中心街を担当した。地下鉄四つ橋線本町駅の出口には、まだ三和銀行があった時代である。それまでの担当エリアを市内でも工場が立ち並ぶ郊外地域に例えれば、西区中心部はいわゆる〝オフィス街〟だった。きれいなテナントビルに入るお客さんが増え、スナックのママさんや喫茶・飲食のマスターが、高層マンションの自宅での取材に呼んでくれることも度々あった。当然、予算も大きい。彼のひと月のノルマは、多い月で四百万円を超え、ボロ儲けできる時期だっただけに、一番きつかったと思う。

夏の暑い盛り自転車での営業中、仕事にかこつけて大阪トヨタの本社ショールームで、アイスコーヒーをいただいたことは一度や二度ではない。また、あるビルでは、最上階から順番にローラー作戦中、ややこしい人が経営するサラ金業者で怖い目にあったこともある。中でも、「前金でないと原稿を断れ」と言われていたテナントビル内の顧客から三百万円の小切手を集金した時は、一度事務所に戻ったことを覚えている。

ちょうどその頃、手狭になった難波の事務所は、心斎橋駅上の大きな郵政互助会ビルに大阪南ＪＯＨＯ（株）として引っ越していた。税務の関係でブロック単位で子会社として組織替えされていたようだ。

個人としては売上達成ができなくても、係の会議やＱＣサークル発表会などの機会から、ミナミの鬼ことMブロック長と話すことも増え、かわいがられてもいた。係の目標達成月には、ミニスカートできれいなおねえちゃんがついてくれる高級クラブに、ブロック長の会員制カードで連れて行ってもらいドキドキしたことを忘れない。

そんな時、ブロック長からよく明治維新の頃の本を読めと薦められた。

「金や仕事を残すのではなく、人を残すのが、ええ経営者なんや」

という話を聴かされたものである。そして彼は、司馬遼太郎の『竜馬がゆく』にはまっていくのであった。


前にも言った通り、当時、アルバイトやパートの募集では、情報（J）とニュース（N）の日刊誌が若者に強かったと思われるが、正社員の募集となるとリクルートの「就職情報」が圧倒していた。掲載企業のレベルでは、全国紙の求人欄は信頼できたが、件数では広告媒体として無敵だったと思う。毎週発行される「就職情報」に掲載先の企業のほとんどが一ページ広告で、定価販売はなかったと思われるが、一社当りの広告料金は代理店ベースでも、最低十万円はくだらなかったと思う。大手企業では、裏表紙へのカラー出稿が常で、上質な用紙で目次のすぐ後に見開き二ページでの出稿も何社もあった。数十万円使っても、〝いい人〟が見つかればめっけもん、の時代だった。

彼の勤める情報センターにも、正社員募集を目的とした週刊誌はあったが、掲載先があまり変わらず、広告スペースも小さい企業が多かった。その結果、本誌は薄っぺらでリクルートに比べてはげしく見劣りしていた。これはアルバイトニュースを発行する学生援護会でも同じような傾向だった。そして、誰が見ても経営的には赤字の媒体であった。本社では廃刊の方向も考えていたと思われるそんな時、南のMブロック長がこの赤字の週刊誌を本社から引き受けたのだ。そのため、編集部門の人員もかかえることになり、新しくて広い事務所（郵政互助会心斎橋ビル）への引っ越しが実現したと彼は思った。

元々この媒体を専門に、赤字にはならない程度に売る営業マンは何人か残っていた。そんな中、ミナミのブロック長は日刊誌で西区と港区をまかせていた係長と彼を週刊誌の方へ異動させた。しかも役職もないのに、以前から週刊誌を専門に売っていた若手営業マンのリーダーにした。そして係長は実質的な発行人にまでなった。三年目以降、彼は週刊誌の営業を兼ねて、スペースの大きな原稿作成には、営業だけでは見えなかった考え方を持つ編集部員と同行取材するという体験を重ねていった。

彼は、リーダーとして各担当者に「一日十枚の新規名刺だけでももらってこい」と発破を掛けるようなことはしていた。媒体力に差がありすぎるから売れない。売れないから訪問先にも自信がない。自信がないからあきらめる。悪い方向への回転は速い。彼自身が「日刊アルバイト情報」での自信を失っていった。朝から喫茶店でさぼる日々も続いた。帰社後、営業マンから出された名刺をチェックし、今日新たに名刺交換されたものでないことがわかっても、何も言えなくなっていた。

そんな時、新鮮な気持ちになることがあった。それはリクルートの代理店に勤める営業マンと知り合い、親しくなるにつれ、彼から聞いた話だった。

「求人広告を一番よく見ているのは求職者ではない、同業者だ。お互いライバル社の情報誌を必ず購入し、新聞の求人欄を見て掲載先をターゲットに営業をかけるのだ。自分たちが大学生の頃、リクルート社から部厚いリクルートブックが無料《タダ》で送られてきた。まず、新卒者をつかまえる。でも長続きする奴は少ない。転職せざるをえない。そこで『就職情報』が必要になる。転職するのは男とは限らない。女子社員も転職する。そこで『とらば〜ゆ』となるわけや。我慢しながらも社会人を続ければ、結婚もしたくなるやろ。そしたら次は結婚情報誌や。うまく結婚して、子供でも生まれたら人間は家を欲しなるんやて。そこで『住宅情報』や。リクルートがすごいのは、物件を紹介するだけではない。マンションを考える人に不動産そのものまで売るんや。そうよ、リクルートコスモスよ。この先、リクルートは絶対、結婚式場から墓石まで、情報から現物まで売る会社になると思うで」

何ということか。彼はこの新鮮な考え方に感動し、こんなことを知ってる営業マンに勝てるわけがないと思った。

そして、喫茶店でさぼっている間、『竜馬がゆく』の巻数もすすんでいった。

その頃、彼は富田林市久野喜台という所で一人暮らしだった。堺支局からミナミへ異動になってから、和歌山の自宅からは通えなくなった。彼の二歳年上の兄は専門学校卒業後、住宅設備の会社に就職し、当初は八尾での寮生活だったが、弟である彼が自宅から通えなくなったこともあり、寮を出て兄弟で探し当初はいっしょに住んでいた。やがて結婚を機に兄が出ていって、彼は一人暮らしになっていた。

維新の地へ

昭和六十一年の夏が終わった頃だったと思う。

就職後、おそらく一日も会社を休んだことがなかった彼が、初めて無断欠勤した。借家の固定電話の前には「お母《か》ちゃん、心配するな」のメモ書きを残して。

いつもの出勤と同じように狭山遊園前駅から難波に出た。地下鉄には乗らず、空港行きのバス乗り場から伊丹空港へ向かった。高速道路に上がった車窓からは、いつも自転車で走り回っていたビル群の屋上が見えていた。ホテルに泊まっても、五日間は大丈夫なお金を持っていた。

『竜馬がゆく』の八巻を読み終えていた彼は、維新に溺れていた。そして〝自分も維新をしたい〟と考えた単純な彼は、まず桂浜に立ちたい一心から高知を目指していた。

偶然にも、このバスの中で彼はI高校卒業の同級生に出会った。彼女は頭のよい子で、おそらく関大の哲学を卒業していたと思う。高校でバレーのクラブ活動を終えた後、短い期間だったがS先生の塾にお世話になっていた時、同じ模試を受けた後、彼女を90 ccのバイクで自宅近くまで送った記憶がある。そんな彼女は、アメリカの大学へでも留学していたのだろう。お世話になっている先生が、四国の金刀比羅宮を研究しているとかで、「高知へ行くのだったら金刀比羅のパンフでも何でもいいから資料を送って欲しい」と頼まれた。送り先のアメリカの住所を何かに書いてもらった。

さて、勤務先の事務所では彼が出社しないから大変だったろう。和歌山の実家や兄の勤務先へ連絡するが、行方がわからない。この時、同僚や家族には大変な迷惑と心配をかけた。

――本当にすみませんでした。

人生初の飛行機で高知空港に倒着。空港近くのホテルには二泊した。

そして坂本龍馬の像を見上げ、彼は決心した。

「年末で会社をやめ、来年の統一地方選で、出身地和歌山のK町の町議会議員選挙に出る」

四国での二日目、彼女との約束で、琴平町へ電車で向かって、資料となるであろう金刀比羅さん関係のものを集め、その日また高知の同じホテルに宿泊した。

自分の意志を桂浜で確認して、高知空港からの帰路、機内で「明日から自分はどうなるのだろう」と不安を抱いた。だからか、伊丹空港から勤務先と自宅に電話して無事であることを伝える。

「ご迷惑をおかけしました」

「今、どこにおる?」

「伊丹空港です。これからバスで難波に帰ります」

「よっしゃ、難波へ着いたら、また電話してこい」

その夜、早い時間帯だったが、Mブロック長は彼を飲みに連れて行ってくれた。

「どないしたんや」

・入社後、短期間で自分ばかりが異動させられてきたこと
・ブロック長からの影響もあり、明治維新の頃が舞台となっている本を読んでいること
・中でも『竜馬がゆく』にはまって、今回の行動をとったこと
・年末に会社を辞めて、来年の選挙に出たいこと
などをはき出したと思う。これに対して、

「明日から出社できるな」

「はい」

「明日は絶対遅れるな。帰ってゆっくり休め」

翌朝、朝礼でみんなに頭を下げた。そして「年末で会社を辞めさせて欲しい。来年の春、選挙に出たい」と話す機会を与えられた。彼が二十六歳の時だった。

その後は、代わり映えなく過ぎた。ただ、Mブロック長らが参加する本社の営業会議や経営会議などでは、ミナミには変わった奴がおる、とうわさされていただろう。

十二月の就業最終日、おそらく午後は事務所の大掃除だったと思う。Mブロック長

から「終わったら、T社長が呼んどるから本社へ行ってこい」と言われた。大阪駅前第3ビル二十六階の本社。入社以来、社長室へ入るのはもちろん初めて。

「失礼します。ミナミの××です」

「××君、何年会社《ウチ》におった」

「四年弱です」

「そうか、会社《ウチ》みたいな所は、よう社員が辞めていきよる。でもな、選挙に出てみたいと言って辞めるのは、君が初めてや。頑張ってみい」

励まされた。そして、T社長の方から強く握手されたことを忘れない。

暗くなった御堂筋の東側歩道を南へ帰る、彼の自転車の前カゴで、「必勝」と力強く書かれた酒二本が揺れていた。

パチンコは、芸大の地方試験で東京に連れてってもらった時以来したことがない。もちろん、競馬や競輪もやったことがない彼。それゆえに、自分自身を賭ける選挙に出るという行為に、彼自身ワクワクしていた。

出馬へ

年が明けた一月以降も、一人暮らしの住居を借りたままにして、和歌山の実家に帰っていた。彼が離職した時、喘息がひどくなっていた父は、すでに勤務先をやめ、病院での入院と自宅療養を操り返していた。その頃、両親の長年の夢だった、新築の二階建てを実現したばかりだった。

当時、彼の住民票があったK町の人口は八千人弱で、約二千世帯だったように覚えている。

元日の朝から、彼は動いた。自宅がある集落の全戸、約百二十戸に、一軒一軒をすべて歩いて訪問し、新年のあいさつをして、町議会議員候補者と名乗った名刺を配った。この名刺には、「好きです　維新!」というタイトルが書かれていた。当時、現職で議員をしている家も全部回り、

「こんな田舎で、独身の若者が選挙に出るなんて、バカなことはやめとけ」

そんなことを、みんなから言われたことを覚えている。翌日は、隣接した集落を回った。町の大字単位で住所が変わる区域を、毎日、一地域ごとつぶしていった。

また、新年の仕事始めの日だったと思うが、K町の役場に電話し、「町長さんに会わせて欲しい」と申し入れ、町長の時間がとれる日時を秘書の女性職員に約束してもらった。何しろ、小さな町で元旦から動いたものだから、例えば町長と親しくしていただろう厚生保護婦人会の役員のおばはんや各区長さんなどを通じて〝二十六歳の若造が選挙に出るらしい〟的なことは、町中でうわさされ、町長の耳にも届いていたはずである。町長との面会当日、約束された時間前に町長室に通された。三十分位の時間だったと思うが、就職して以来、四年間で三百万円を貯めたこと、「今春の町議選に出ます」と言ったことだけは覚えている。

その他、町内を一巡する間には、いろいろなことに遭遇している。少し熱が出て外出を控えていた日、いわゆる母屋《おもや》と呼んでお世話になっていた同一姓のおじさんが枕元まで来て、

「××ちゃんよ、アホなことはせんと大阪へ戻って仕事をせよ。こんな田舎で、自分の考えとるようには絶対ならん」

ちなみに、このおじさんは、両親が新築するまでのボロ家の地主で、新築した土地も元々この人の田だった。そして、何歳だったのか知らないが、このおじさん本人もかつて町議選に出たことがあり、落選した経験がある人だった。だからこそ、余計に心配してくれたものだと考える。

多くの町民が、「K町にもバカな若者がおるもんや」と思う反面、「どんな奴や」「何もしない現職の議員よりはおもろいやないか」と考えるような人もいないではなかった。当時、K中学校卒業の百十人前後の同級生の内、K町に選挙権があったのは半分位だと思う。その同級生の父親二人も、今回の選挙への立候補者になるような町だった。

（まことにおもしろい）

町中の一軒一軒を名刺を配って回ったことから、彼のことを待ってくれていたような人もいた。

「農協でS君に世話になっとんよ。S君と同級生やてな、頑張りよ」

と言ってくれるおばちゃんや、彼自身が知らなかった遠戚のおばちゃんが近所の人を集めて待っていてくれたこともあった。

さらに、古い町営住宅が多い地区を訪問した日の夜、ある有権者から電話がかかってきた。どんな選挙でも、立候補者は一票でも欲しいから、有権者には愛想よくするものだ。次の日、電話で呼び出された形になった彼に、おっさんは「ウチは家族が多くて全部で六票ある。この票を買わないか」と言うのである。彼はこの時、持っていた財布をこのおっさんに見せ、

「六千円ちょっとあるわ。これやるから、もう電話せんといて」

という返事をした。おっさんも、こんなハンパな金は受け取らず、それきりになった。

（あの家の票は一票もないな）

どんな町にも選挙好きな人はいる。ある地区に名刺を配りながら訪問していた時、彼が来るのを待っていて歓迎してくれる人がいた。五十前後の働き盛りの男性。全く

の他人で、現職に近しい身内がいるとのこと。何でも彼のうわさを聞き、いつ自分の家へ回ってくるか楽しみにしていたとのことで、彼の話もよく聴いてくれた。そして、自分の名前を出してもいいから、「あそことあそこへ行ってみい」といかにも票が待っているとの言い方であった。

（K町にもいろんな人がおるなァ）

そうして、二十日間位が過ぎただろうか。K町内全域を一巡したと思った時、用意していた二千枚の名刺はほとんどなくなっていた。

また、四月の選挙まであと二ヶ月間ほどになった時、彼は白くて小さなウサギを飼った。和歌山市内にまだ〝長崎屋〟という大きなスーパーがあり、そのペットショップでかわいいウサギとペレット状のエサを買った。そして町内に一軒だけある写真館で、このウサギがいかにも『竜馬がゆく』を読んでいるように見えるカラー写真を撮った。この写真を駅貼りポスターの大きさに拡大し、「好きです。維新！」というタイトルをつけた。K町は小さな田舎町だが、南海電鉄高野線の駅が町内に四つもあり、当時はどの駅も有人駅だった。彼は駅員さんと交渉し、四つの駅の駅舎やプラットホームにあるポスター掲示板のスペースを買った。いくつのスペースを許されたか忘れてしまったが、選挙告示日の朝早く、かなりの枚数の同じポスターが選挙期間中、四駅に貼り出された。

選挙用ポスターといえば、指定掲示板に貼り出す、立候補者名が書かれたものである。彼はこの選挙管理委員会に提出するポスターに、自分の名前の下にスペースの1／3を割き、

議長……○○円
副議長…○○円
議員……○○円
もう、税金のムダ使いはやめましょう。

そのような文言を書き入れていた。役場で調べた当時の議員報酬を全町民に知らせ

たのである。結構なお金をかけた駅貼りポスターは、彼が想像していたほど話題にはならなかったようだが、いわゆる選挙ポスターから、あちこちで彼は「共産党か」と言われていたことを覚えている。

結局、四月の選挙までに、二回目の訪問であることを記した名刺まで作り、全町内を少なくとも二巡はしていた。

選挙期間中、朝早くから四駅にタスキを掛けて立ち、選挙カーは出さず、ハンドマイクを持って町内を回った。少しでも町民がいる所では、何らかの演説をした。内容は忘れてしまったが、他の候補者の選挙事務所前では、必ず相手候補者名をあげ、一人で回っている自分のことも「よろしくお願いします」というあいさつをして回った。

――何と楽しかったことか。

一方、彼が離職した会社ではお世話になったMブロック長とT社長の間で、「地縁・血縁がまかり通る田舎の選挙だから、もし落選でもしたら、また雇ったれ。役に立たん男ではなかったし」といった会話があったそうな。

当選

昭和六十二年四月二十六日、開票の結果、彼の得票は二六四票だった。定数一六に対して、十七人が立候補した町議選。トップ当選者が四〇〇票以上確得し、落選した人は一七二か一九二票だったと思う。彼は十六人中十二番目の得票数で当選した。ちなみに、トップ当選者も落選者も彼と同じ集落（地区）の人だった。

その夜、同級生や親戚の人だけでなく、母屋《おもや》のおじさんや「あそこへ行け」と言っていた選挙好きの人からも酒やビールなど当選祝いが続々と届いた。この宴会の時、彼の父は自宅療養中で、母屋のおじさんの「鳶が鷹を生みよった」の言葉を聞き、苦笑したが、彼は内心〝母屋と代わったろか〟と思ったことを忘れない。「そんなだから、おじさんの時は落選したんと違うんか」とも。

その宴会中に、選挙管理委員長から〝当選の告知について〟との公文書が届き、

「届出と同一の印鑑を持参の上、翌四月二十七日午前十時、役場第一会議室にお越し下さい」との内容だった。

K町議会議員当選証書

和歌山県伊都郡K町△△△

×× ××

右はK町において議会議員に当選したことを証明するためここに当選証書を附与する。

昭和六十二年四月二十七日

K町選挙管理委員会委員長 ××××× 【印】

この選挙では、現職県議の同級生の人やK町初の女性、昭和二十一年生まれのバトミントン協会常任理事、そして彼の四人の新人議員が当選した。

「よッ、せんせ～」

四ヶ月前までお世話になっていた勤め先に立ち寄った時、一年先輩の営業マンから声が飛んだ。当選したことを報告した時、

「T社長が当選祝いをしたろ、と言ってるから出て来い」

とMブロック長に呼ばれていたのだ。この時、北新地の高級料亭を初めて経験した。店内の池のような水漕の上に太鼓橋がかかっていたことだけ覚えている。大きな舟盛りから始まった宴会で、T社長は「何か欲しいものはあるか」と尋ねてくれた。彼は、

「海外へ行ったことがないので行ってみたいです」

「どこでもいいか?」

「はい。何でもします」

この時、彼はT社長からカナダで日本風レストランを展開していた、フランク手嶋

という社長を紹介してもらった。何でも昨年、ＯＲＡという協会か団体で海外視察があり、Ｔ社長が求人誌業界から同行し、北米を回ってきたとのことで、その際、カナダで知り合った社長を紹介してくれたのだった。

もちろん旅費は彼が支払ったのだが、ＪＴＢへの手配などは全て社長側でやってくれ、約束された日に、二十万円以上のカナダ行きの航空券を手にした。

例の高知へのフライトが初飛行機だった彼は、昭和六十二年の夏、一人でカナダへ旅立った。

成田からバンクーバーへ、バンクーバーで給油し、オタワへと。現地時間の夜遅く、オタワ空港では、手嶋社長が直接、出迎えてくれた。その夜、社長の自宅に一泊。

翌日、手嶋社長が「高速バスでナイアガラの滝近くにある鉄板焼きの店へ行け」と言う。「店長に君のことを伝えておく」と。バスのチケットを社長に用意してもらい、オタワからナイアガラのお店を目指した。英会話などほとんどできない彼だったから、途中、トロントでのバスの乗り替えが不安だったことを覚えている。このバスが走る高速道路から見えた風景には、トロントタワーから始まるあらゆる看板広告に、Canon、Panasonic、HONDA、SONYなどの日本の名だたる企業名が目立ち、「これが日本の力や」と小さな町の新人町議会議員は興奮していた。

長時間バスにゆられて、目的のナイアガラに着く。バス停から、教えてもらっていた通り店へ電話をかけた。そこに店で働いていた茨城県出身の日本人が迎えに来てくれた。その夜からこの店の店長宅に泊めてもらった。ナイアガラの滝が目の前に広がる鉄板焼のお店で、彼は二週間手伝った。

店長のマイクさんは宮城県の出身で、カナダ国籍を取り現地の女性と結婚していた。そのお店のお客さんには、日本人の団体ツアー客も多かったが、世界の観光地ナイアガラだけにいろんな国の人々がいたと思う。お店の入り口で、ネクタイを締め、Pleseとだけ挨拶し、店内へ手のひらで案内するのが彼の仕事だった。毎夜、お店のまかない飯をお店で働くカナダ人、アメリカ人、メキシコ人、韓国人といっしょにおいしくいただいた。

このカナダ滞在中に、ナイアガラの滝はエリー湖からオンタリオ湖に流れる川の段差であることを知った。このお店〈水車ガーデン〉はテナントビルの二階にあり、三階にはエルビス・プレスリー関連のド派手な展示物と大橋巨泉さんのOKショップがあったことを覚えている。

彼がカナダから帰国したのは昭和六十二年八月二十五日である。翌二十六日には郡内の町村議員の親睦をかねて、ソフトボール大会が開催されたからだ。カナダに行く前から決まっていた議会での行事に合わせたのである。この大会が何年前から実施されていたのか知らないが、この年、K町議会が初めて優勝した。

四月の当選以来、ゴールデンウィーク明けに議長・副議長を選出するための臨時議会が開かれ、各種新人議員研修が実施され、六月定例議会も済んだ。そもそもK町では、三・六・九・十二月に年四回の定例議会が開かれ、各定例会の間に、所属する常任委員会が閉会中の継続審査として実施されたりする程度のことだった。その他、町の行事やスポーツ大会に来賓として参加することや新しい箱物でも完成すれば、その開所式に招かれ、おみやげを頂く程度のことに、ボーナスも含め報酬が出るのだから、〝当選〟さえすれば楽なものだった。まさに、世の中の日本人がいだく議員さんの世界だった。「町議会議員」と呼ばれることは少なく「町会議員」と言われるニュアンスがよくわかったような気がした。

昭和から平成に時代がかわる四年間が任期と重なった一期目に、K町にとって問題となったのは、紀伊丹生川ダム建設と、今ではよく〝心のクリニック〟と呼ばれる、いわゆる精神科病棟をともなった病院が、隣の市にある病院から独立してくることだった。

泉州沖に関西新空港の建設工事が始まり、対岸地域に人が集まってくると考えられたことから、大阪府の水が不足し、その不足分を紀の川から分水するという計画があった。そのため、紀の川への支川とは言え、県の一級河川が流れる上流に、調整ダムを作るというのが、当時の建設省の基本的な考えだった。

K町議会としては、水没地域ができることから、ダム調査のため、特別委員会が設置され、それなりの研修や見学を重ねた。

その後、バブル経済の崩壊とともに、やがて「失なわれた三十年」と言われるようになった平成の世にあって、関空の対岸地域は予想されたほど発展せず、「紀の川の水は和歌山県の血の一滴」とまで言われた分水は必要がなくなった。数億円をかけ調査用のボーリングまで実施されたが、ダムは実現せず、ぽしゃってしまった。

その一方、時代の要請とも考えられた、〝心〟の病院はどんどん大きくなっていった。

この四年間にあって覚えているのは、昭和六十三年十二月に第一回目の、平成二年一月に第二回目を、そして同年の年末には第三回目の新人議員報告会を実施したことである。この報告会は、二回目以降、彼の同級生の父親で先輩議員でもあるN氏も賛同してくれ、影から協力してくれたこともよく覚えている。十六人の議員の中で、日本共産党員の一人だけが発行する〝民報〟なるもの以外、議員から町民へ報告されるものが少なかった当時、同期の新人議員四人がチームを組んで、町内各地で実施した報告会は、それなりの価値があったと思われる。よく耳にしたのは「古参の議員は何しとるんや」という声だったが。

この間、彼はカナダからの帰国後、新たな仕事についている。芸大に通学していた時、大学の長期の休みごとに、遠戚にあたる、主に釣竿を作る工場でずっとアルバイトをさせてもらっていた。このアルバイト先の親方が当選後、定職についていなかった彼に、

「兄が経営しているニット編みの織物工場が、大変忙しくて、人を探している」

と紹介してくれたのだ。当時、そのニット工場は二十四時間営業で、議員をしていることを承知の上で雇ってくれた社長と番頭さん格のKさん、Yさんというおばちゃん、そして夜の十一時〜翌朝まで編み機の面倒を見るTさん、主に四人で回っていた。そこに彼が、夕方四時〜深夜十二時までの約束で増員されたのである。もちろん二十七歳の彼が一番若く、しかも議会関係で出勤できなかった日もあったことから、他の従業員さんたちに迷惑をかけることが多かった。

——当時はすみませんでした。

その後、彼はニット編み工場で十年間お世話になった。K町の隣町は、昔からパイ

ル織物を中心に織物業が盛んな町だった。中でも彼がお世話になった会社は、チェーンやピンの組み替えで、編み柄を出せる〝MJL〟と呼ばれる編み機だけでなく、世界的に有名な横編み機メーカー島精機の新しい設備が二台も設置され繁盛していた。そして、社長さんはお酒が好きで、好景気なこともあって、毎年、一泊での慰安旅行に連れて行ってくれた。この慰安旅行のおかげで、白浜や城崎、伊勢志摩から下呂、信州や北陸、山陰では出雲大社から鳥取砂丘、また道後から淡路島まで、一泊で可能な有名な温泉地やおいしい料理のある観光地を知った。常に助手席で、地図を片手に人間ナビをするのが彼の仕事で、まことに楽しかった思い出ばかりである。

議員活動

四年間はあっという間に過ぎ、やがて二回目の選挙を迎えることになる。彼は町議としての四年間を年表の形にして『こんな事がありました』と題した小冊子を作り、町内全戸にそれを配って歩いた。この時、ある町民から「四年間の行事や出来事を知りたいのではなく、議会での君の態度が書かれていない」と言われ、痛い所をついてくるなあ、と思ったことがある。

ただ二回目の選挙でも、町内全域を回ることに生きがいを感じていた彼は、平成三年の正月には新たな名刺を持参していた。赤字で謹賀新年とタイトルされた下に、K町特産の柿の絵をカラーで描き、その柿の実の中心に丸いレンズ（虫メガネ）をはさみ込んだ、ちょっと高価な名刺だった。どんどん高齢化が進む田舎の町で、新聞でも読むのだろうか、この名刺を欲しいと待っていてくれる人が結構いたことを覚えている。

心の裏で〝ちょっと不安〟を感じながら、選挙当日を迎えたが、立候補者数が定数止まりで、結局、無投票当選となった。〝選挙がしたかった〟彼にとって、ある意味ショックだった。

二期目の四年間で、彼個人にとって最大の出来事は、マンションを購入したことだ。彼の父が病院と自宅療養を繰り返すようになってから、両親は不安になり、すでに結婚して、大阪で生活していた兄夫婦に和歌山に帰ってきて欲しいことを伝え、兄夫婦はそれに従った。先に帰って選挙までしている弟がいるのに、その決断に敬意を表するしかない彼だった。

やがて、兄夫婦に二人目の子供ができ、彼はだんだん家にいづらくなっていく。そんな時、勤務先の工場があった隣町には、その地に少々ふさわしくない十五階建ての大きなマンションが建設されつつあった。彼はこの物件の二期募集に応募し、抽選の結果、希望した十四階の３ＬＤＫに当選し、自分の家をもった。

しかし平成四年一月、正式契約では問題があった。すでにK町の町議会議員の立場にあった彼は、隣町のこの物件を購入するには、住民票を移す必要が生じ、時の議会事務局長さんにも相談し、いろいろ調べてもらった。詳しい手続きは忘れてしまったが、一時、母親と二人の住民票をK町から隣町に移した。購入を決断した時は、「事務所にでもすればエエわ」と簡単に考えていたが、世間の目もあり、なかなかたいへんだったのである。

以後、自分が用意できた購入資金以外、母親に手伝ってもらった金額と同等の住宅ローンをボーナス払いも含め十年返済で、人生初の借金をして購入することになった。住宅金融公庫から送られてくる残高金額の数字を毎月、ボールペンで消していったことを忘れない。また大学卒業後、兄と共に富田林市で借家するまで住み続けたボロ家では、ずっと薪で五衛門風呂を沸かしていただけに、新築マンションでは、キッチンの壁に設置されたガスのスイッチに触れるだけで自動給湯され、〝ピッ、ピッ、ピー〟の音で沸いたことを知らせてくれる現実に、深く感動したのもよく覚えている。

仕事から、日が変わった深夜に新築マンションに一人帰り、議会関係の用件がない時は昼まで寝た。十四階という高層から見る風景に満足を覚えると共に一抹の不安がつきまとっていた。役場からの郵便物は、全てK町の自宅に届く。その都度、実家からマンションに電話連絡してもらっていた。やがて、議員仲間や役場の職員さんにも、隣町のマンションから議会に来ていることが、だんだん知れわたっていった。

二期目の議員活動で印象に残っているのは、それまでK町にはなかった議会広報を発行したことだった。おそらく、全員協議会の場で話が出たことがきっかけだったと記憶している。詳細ないきさつは覚えてないが、彼の経験からして、

(定期的に文書を発行することがいかに大変なことか。みんな、わかっているか？本気か)

まずそう思った。しかも、議会費という税金を使って、議員さんより、いろいろな知識をもった町民がいるのに……。

さっそく広報特別委員会が設置された。同期でK町初の女性議員の出身地Y町が、議会広報の歴史が古いとのことで、研修に行かせてもらった。当然、近隣の市町村の

議会広報を取り寄せ、話も聴いた。その結果、議会広報とはいうものの、その記事の多くは議会事務局職員が書いている市町村が多く、取り上げられる写真も、職員の担当になっている場合がほとんどだった。またK町では当時、定例議会での一般質問のやりとりも、K町（執行部側）が発行する広報誌に取り上げられていた。

これに対して、最初から広報委員会に所属していた彼は、これではダメだと考えていた。頭のスミに「議会の行事や出来事ではなく、君の態度が知りたいんや」という町民の言葉が甦っていた。かつて、マスコミの仕事にあこがれ、新聞社の入社試験を何社も受けた彼だけに、この委員会の作業をたいへんおもしろいと感じた。

紆余曲折があった末、平成四年六月一日付で「こんにちは！　議会です」の創刊号を出している。当時の議長と町長の発刊に際しての挨拶や、三つあった常任委員会だけでなく、特別委員会などの活動記事をそれぞれの委員会から出してもらい、B5判・八ページでスタートしている。この創刊号には、総務常任委員会から視察報告として、K町が初めて企業誘致した、（株）東亜紀の川も紹介されている。

この作業が気に入った彼は、予算を計上してもらい、新しい一眼レフカメラも購入してもらった。どんどんこの作業にはまっていった彼は、マンションの一室を議会広報の編集室がわりに使った。創刊第5号からは、定例議会での一般質問と答弁を町の公報ではなく、「こんにちは！　議会です」で取り上げるようにもなった。まるで自分が新聞記者にでもなったような気分で、記事を書き、写真を撮り、編集までしていった。

自己満足の世界だった。

結婚願望

二十六歳で初当選後、二期目に入り、議員報酬以外に決まった収入がある定職にもついていた。ローンに追われるとはいえ、マンションを手に入れ、かつて夢みた仕事を議員活動の一部として実現している。

こうなると、欲しくなるのは嫁さんである。順番こそ違うが、かつて聞いたことが自分の身にふりかかっていることを彼は感じた。同僚議員からも、「独身ではなぁ」の空気を感じてもいた。

そんな時、同級生の父親でもあり、新人議員報告会を強く支持してくれたN議員が「自分の所の子供たちも結婚し、落ち着いたから」と、彼にお見合いをすすめてくれた。自分の息子でお世話にでもなったのだろうか、何人もの仲介人みたいな人を紹介してくれ、その都度、釣書を交わしお見合いとなる。

何人の女性とお見合いをしただろうか。その時、彼は選挙をやめたくないことを言い切った。そして三回目位のデートで必ずと言っていいほど断られた。彼に紹介してくれる人はN議員だけではなかった。選挙好きで、当選時にお祝いまで届けてくれた男性Tさんもまた同様だった。

実は、彼は三十二歳の時、当時、全国展開していた結婚情報会社に登録している。結婚相手を求める多くの男女が、お互いの趣味や心情から身体状況や学歴などの個人情報をデータ登録し、そのシステムが紹介する相手と手紙や写真交換から始めるのである。この情報サービスを行う和歌山支社を訪問した後、彼に送られてきた担当者からの手紙が残っている。

前略ご免下さい。

過日はご公務他、お忙しいところお出まし下さいまして、ありがとうございました。

お目に掛かれて、お話が弾み　色々お伺い出来まして、大変いい時間を過ごさせて頂けたと嬉しく思っております。

当システムに対しては、色々とお考えがおありだと思いますが、当サークルにお集まり下さってます女性会員の中にこそ、××さんにとってかけがえのない方となられる未来のパートナーがいらっしゃる……としたら、こんな素晴らしいことはないですね。

当サークルにお迎え出来ます日を楽しみにお待ちしております。

乱文乱筆　お許し下さいませ
かしこ

こんな手紙を受け取った後、当時の議員報酬の二ヶ月分程度の入会金を支払って登録したのだった。

少しはずかしい気もするが、紹介される女性に対し、彼は次のような自己紹介文を送っていた。

はじめまして、〇〇〇様

三十二歳になってから本気で〝結婚〟を考えるようになった[redacted]と申します。

新卒で、求人情報誌を編集・発行する会社（大阪）に採用され、四年間、営業の仕事を経験しました。

その間ずっと、外回りの仕事でしたのでいろいろな考えをもった無数の人に出会い、影響を受けた人も少なくありません。部下がどんどん増えてくるとともに、このままサラリーマンにぶら下っている生き方で満足なのか？　と自問するようになり、やがて自分自身に対して維新をおこしたいと思い現在に至っています。

ですから今まで、自分がしてきた努力に比例して、好きなことを自由にやってこれたように思います。

和歌山の結婚情報会社を初めて訪ねたとき、いろいろな資料を何も書いていない無地の封筒でいただきました。そして、思いました。「今まで、自分は無地の封筒ではなく、堂々と〝××△○〟と印刷したような生き方をしてきたな」と……。
コンピュータを通した不思議なご縁ですが、一度会ってみてもらえませんか。
よろしくお願いします。

これに対し、会員女性からの返信には、

××××様
お手紙ありがとうございました。紹介状を頂いてから二日間考えたのですが、私の仕事柄　あまり政治とはかかわりたくない。仕事をやめたとしても議員として働く人の手助けとなるような働きは出来ない。
以上二点のことから、申し訳ありませんが、お断りさせてもらいます。
どうぞ　良い方にめぐりあわれます様に
○月×日　ハナ子

とか、

××××様
この度は　申し込み頂きましてありがとうございました。せっかくのお話ではございますが、大阪市内在住の方を希望いたしております為、今回はお断りさせて頂きたいと存じます。
まことに勝手で申し訳、ございません。
どうぞ今後もお仕事やご趣味にとお励み下さい。
寒い日が続きますが、お体を大切に
お手紙　ありがとうございました

ハナ子

といった内容が書かれていた。

入会後、五ヶ月で約六十人のデータが紹介されてきたが、写真の交換まですすめたのは、三～四人だけで、実際に会ったのは一人だけだった。

そんな中で、同期の女性議員夫妻に紹介された呉服屋さんのお嬢さんとは、結構親しくなれた。お互いの家族を紹介するまでになり、この彼女の場合、三回目の選挙もできそうに思えた。しかし、早くに旦那さんを亡くした後、彼女を含めて三人の子供さんを育て、呉服屋さんを切り盛りしてきた彼女のお母さんの影というか、存在が彼には重すぎるように感じ、結局うまくいかなかった。

そんな経験を繰り返した彼は、選挙をあきらめなければ結婚などできないのではないか、と考えるようになっていった。初めて出馬する時も、家族の意見を聞いたわけではなかったので、やめる時も自分だけの判断でいい。彼を見守ってくれていた人の中には、「たぶん落選はしないから、もう一度だけ出て、議員年金をもらえるようにしておけ」と本気で声をかけてくれる人もいた。そして、二期目の四年間も過ぎていった。

家庭をもつ

彼に三回目の選挙はなかった。無投票に終わった二回目の選挙を思い出し、この八年間をふり返って自分を見つめ直し、自分で決めた結果だった。

議員報酬はなくなった。しかし、ローンは続く。きびしい。勤め先の社長さんとも交渉し、月給を上げてもらった。ボーナス返済の金額も正直に話し、その額だけは出してもらった。

そして、選挙という足かせから解放された彼は、選挙を経験したからこそ知り合ったTさんの紹介で、お見合いした女性と結婚した。しかも、彼女は三人姉妹のまん中で、柿の専業農家が実家だった。

彼女の姉は、すでに結婚し家を出ていたので、彼は養子となり、名字を変えた。結婚式を挙げ、披露宴まで済ませた会館へ、彼女の父がお金の支払いに行った時、担当者の女性に「あんなに愉快な披露宴は初めてでした」と言われたことを、彼は後で義父から聞いた。

やがて長女が誕生し、親となった彼だったが、勤め先の社長が長年のお酒が原因で、入退院を繰り返した後、平成十一年の夏に帰らぬ人となってしまった。八年間とは言え、町議であった期間に、かなりの数の葬儀を経験していたが、社長の告別式ほど弔問客の列が長かったものはなかった。

残された従業員に対して、彼をこの工場に紹介してくれた、大学生時代のアルバイト先の親方（社長の弟さん）が動いてくれた。彼は想像していた以上の退職金を得て、工場から離れた。番当さん格のKさんは、得た退職金をもとに、自分の奥さんと夫婦でニット工場をできる限り続けることを選び、Yおばちゃんは退職した。

そんな状況を心配してくれたNさん（彼が手を引いた選挙で、同時に引退していた）は、彼に「東亜紀の川で働いてはどうか」と声をかけてくれた。東亜紀の川は、議会広報「こんにちは！　議会です」創刊号で、総務常任委員会から視察報告された、

K町初の誘致企業であった。その後、企業はどんどん大きくなり、彼が挨拶に行った時、従業員は三十人位の規模になっていた。それだけでなく、Nさんが議員在職中に、工場長Iさんを企業側に紹介していたのである。Iさんは N議員の隣に家を構えた、同じ班の人であった。Iさんの二人の子供さんが福祉作業所へ通っていたことから、これを不憫に感じたN議員が、創業時工場長を探していた企業にIさんを推薦したのだった。そして、七年が過ぎていた。さらに、Iさんの長男は、彼のK中学時代の同級生でもあった。

東亜紀の川の本社は、大阪枚方市にある東亜高級継手バルブ製造株式会社という。正社員でも自分の勤め先を正確に覚えるのが困難な長い会社名である。彼が定年までお世話になる間に、八十周年記念行事やら創立百周年の慰安旅行まで実施してくれた歴史ある会社であった。主に排水鋼管用の可とう継手を鋳造から加工、出荷までするメーカーである。そのため、小さな各種部品も金型設計から手掛け、いわゆる鋳物の型を多種多様そろえていた古くからの会社であった。そして現在では、TMグリップやスプリンクラー用のフレキ類、ポリエチレン管用ＥＦ継手まで、いわば住宅の水回りに関する継手を販売し、世の中に貢献している企業である。

おそらく、取り扱う種類や範囲が拡がるにつれ、本社工場だけでは手狭になり、枚方よりは安い人件費も求めてＫ町へ進出してくれたものと思われる。

そんな工場で彼が配属されたのは「ＡＤ」と呼ばれる部門だった。メーカーでもある可とう継手関連の部門が「ＭＤ」と呼ばれるのに対し、「ＡＤ」は〝ＡＤスリム継手〟という鋳物製の集合管を製造から加工、塗装、組立、出荷まで受け請う、積水化学工業のＯＥＭ（相手先ブランドによる供給）部門であった。いわば、この部門は積水化学の子会社と同様だった。

中途採用された当初は、加工された鋳物を塗装していたのは枚方での本社工場から東亜への協力関係にあった別組織の有限会社だった。また組立が必要だったのは、〝ＢＥＬ〟と呼ばれる掃除口付きの却部継手ぐらいのものだった。その他は、塗装まで仕上げられた製品（ＡＤスリム）を検品・検査して、良品だけ箱詰めしていくのが、主な仕事だった。箱詰めされた製品は、継手の種類ごとにパレット積みされ、そのパレットは一枚ずつ立体倉庫へ収められる。そして顧客からのオーダーごとに、必要な部品を出荷担当者が同梱して出荷される、という流れであった。だから当時、ＡＤ部門は少人数であったが、実際の作業現場が塗装工程の二階部分にあったので、非常に暑い仕事場だったことをよく覚えている。

競争が成長させる資本主義経済社会の中で、安い単価を求めるのは当然である。デフレ状況を脱出できていない日本社会ではなおさらのことであった。

やがて鋳物の鋳造そのものを枚方本社でも少しずつ減らし、その分だんだん海外への発注が多くなっていった。最初は台湾、やがて台湾から中国へ、そしてもっと安い単価を求められ、中国本土からベトナムまで外注先は開拓されていく。

ＡＤスリム継手と呼ばれる集合管も、その径が80から１００、１００から１２５へと使用される箇所によって、大口径のものが開発されていった。しかも、建設現場で働く人手不足から外国人労働者が働く現場も増えていく。一本一本の継手を現場でパイプにフランジという部品で締め付けるのではなく、ワンタッチ式でパイプを突っ込みさえすれば、漏水せず配管できる〝ＲＲタイプ〟のものが主流になっていった。

ということは、継手そのものに多方向から集まってくる配水パイプの太さごとに見合った部品を、最初から装着した製品が必要となってきたのだった。特殊なものを含めれば、無限に近い品種の継手が存在し、それぞれ品番が決められていく。そうして完成された品番ごとに、一本一本の継手が実際に施工された時、漏水しないかどうかのリークテストが必要となり、製造現場はますます忙しくなっていった。配水用の集合管市場が大きく伸びると共に、高層化、大規模化されていくビル建築やマンションでは多量の流水が集中することから瞬時に配水できる高性能な集合管が要求され、それを克服する継手製品がどんどん増えていった。さらに、高級志向な物件ほど、隣接する部屋の生活音だけでなく、上層階からの配水音、またその流水が継手を通過する瞬間、わずかに震える微妙な振動まで遮断する防振シートを巻き付けた集合管継手まで増えてきている。配水用継手の分野で、集合管は積水化学だけでなく、その先駆者、クボタもしかり、市場そのものが大きく伸びた時代に、その仕事をさせてもらったことは幸せなことだった。

そもそも、N議員にお世話になって工場長となっていたI工場長。しかも、自分の長男の同級生が八年間、町議を務めていたことから、I工場長も彼のことをよく知っていた。そんなことが重なっての転職だったが、ありがたかったのは、入社時点から正社員採用で福利厚生もきっちり用意されていたことだった。

転職時、長女だけだった子供も平成十二年一月一日に年子で長男が誕生した。小さな子供二人をかかえた嫁さんは、実家へ帰りたいと言い出し、マンションでの新婚生活を終え、彼女の両親と同居の生活が始まった。その頃の両親はまだまだ元気で、彼が驚くような量の柿農家の現役だった。

自分たちの子供が娘ばかりだったので、義父は内孫に男の子ができた時は本当にうれしそうだった。元日が誕生日だったから、世の中は休みである。おそらく人形店も休日だったはずだが、長男誕生の数日後、義父は大きなこいのぼりを買ってきた。こいのぼりを上げる長いヒノキは、知人の山林から一家みんなで切り出してきた。その後、毎年四月～五月にかけて、こいのぼりを上げることは彼の大事な仕事となった。

自宅で泳ぐこいのぼり。これを急峻な柿畑から眺めることは、義父の長年の夢であったらしい。

すでに記したように、彼の工場勤務は配属になった部門が成長していったから、残業は当り前で、携わる人数も増えていった。海外からコンテナで輸入される継手は、現地で塗装された製品が多くなっていった。入社時、塗装を専門にしていた協力会社はその仕事が減っていった。忙しくなっていくＡＤ部門の仕事に携わることが多くなり、やがて有限会社は解散した。そして最後には、東亜紀の川に救われる形で従業員になっていった。ＡＤ部門の人数が増え、しかも仕事内容が多種多様になるにつれ、積水化学に対する手前からも彼は係長になり、やがて塗装の技術的な面以外を管理する課長へと昇進していった。

一方、柿作りを続ける両親はだんだん年を重ねていく。彼は休日出勤が増えていく中でも、勤務しなくてもよい日には、必ずといっていいほど、畑仕事を手伝った。その生産量から、手伝わざるをえなかったのである。ただ、農家と工場勤めを現状のままで続けることは、体力的にも不可能だった。だんだんと体が弱り限界を感じた両親は、耕作面積を減らしていった。そして、消毒や草刈りのような重労働は若い彼ら夫婦の仕事となっていった。中でも、柿の花が咲く前に、その数を減らし大きな果実を目指す摘蕾《てきらい》作業の春と、秋の収穫時が繁忙期となる。うれしかったのは、この繁忙期に雇われるアルバイトと同様、家族である彼に対しても、きっちり日当を出してくれたことである。

こいのぼり以外にも、子育てで印象に残っていることは多い。

まずは、平成十五年に生まれた次男の病気である。この次男が二歳の時、血球貪食性リンパ組織球症という悪性の病気になった。地元の小児科でわからなかった発熱持続を県立医大の分院でも処置できなくなり、ドクターヘリで県立医大病院へ運ばれてしまった。医大でも、発熱が持続し、汎血球減少で中枢神経症状が認められ、肝障害も伴う症状で意識障害も通告された。彼ら夫婦が医大に着いた時、次男はすでに小児用ＩＣＵのカプセル内で黄土色になっていた。幸い、命を取り留め、県の小児慢性特定疾患に指定されたので、高額な医療費の出費もなかった。医大退院後も分院で、さらに九日間の入院で治癒に近い状態となっていった。後遺症も残らず元気になったから本当によかったが、次男はその後、三八度位の高熱でも平気で普通に食事するようになった。

医大での入院中、長女と長男を連れて見舞いに行ったが、ＩＣＵには彼しか入れず、幼い二人の姉弟にかわいそうな想いをさせたことを覚えている。

その長女が中学生になった時、バレーボール部に入ったことはうれしい思い出である。彼自身、高校時代にバレーを経験していたから、早速、新しいボールを購入し、三人の子供といっしょになって、自宅の庭で遊んだことはたいへん楽しいことだった。そして今、長女は地元で地方公務員として働いている。大学こそ第一志望の国公立ではなかったが、地域創造学部という自分が目指した学部を卒業し、希望通りの就職ができたこと、これ以上の喜びはない。親である彼が見ても、彼女の性格とレベルに一番合った仕事だと満足している。

長男でまず思い出すのはフラッシュ暗算である。子供たちは三人とも小学生で、そろばん教室へ通っていた。長男の一級か準二段の認定で、和歌山市民会館で県下の表彰式があった。この時、舞台前に大きな白いスクリーンが用意されていた。会場を暗くして、このスクリーンに七～八桁の数字を次々と映し出し、子供たちに暗算させたのだ。瞬時瞬時に映り変わる数字を、最初の三問ぐらいまで、隣に座る長男も解答していた。これが発表される答と合っていたので非常に驚いたことを覚えている。

この長男は、近くの県立高校に併設された中・高一貫の県立中学校にも、たまたま合格し、祖父はうれしかったのか、お祝いに大量の肉を買ってきたこともあった。長男はその中学校でサッカー部に入った。ユニフォームやシューズがやたら高価だったことを彼は忘れない。高校生になってもサッカーは続けていたが、二年生の夏の大会後、塾の勉強についていけなくなったので、サッカーをやめてもよいかと彼に相談があった。元々、彼からクラブ活動を勧めたわけでもないので、自分の判断で決めたらいいと答え、そのかわり「かなりな費用で塾にまで通っているのだから、一生懸命、勉強をせよ」と加えたように思う。そんな長男は、私立大学には行きたくないといい、せっかく合格していた二つの私大には見向きもせず、後期試験で合格した国立大に進学した。この国立大を決める時、高校での三者面談で、わが子が下宿生になるかも知れないことを初めて知った彼は、そんなことまでしてやれるのか不安の中で、受験前日のホテルを予約したこともよく覚えている。

そして長男は、自分の力で勝ち取った国家公務員として、令和四年の春、社会に出ようとしている。本番はこれからだ。ガンバレ！

そして、小さい頃大病した次男は……この次男も兄に続いて、県立中学校を受験したが、不合格だった。そして、彼も彼の長女も通った地元のK中学に入学した。中学校では軟式テニス部に入った。兄のサッカーといい、弟のテニスといい、最近のスポーツ系クラブ活動は、その道具と衣装をそろえるだけで、なんと金のかかることか、を認識させられるのであった。クラブ仲間は、ほとんどジュニアからテニスを習っていたが、次男は中学生になって初めてラケットを握った。次男の身長は、両親の姿からは想像できないほど大きくなり、長男も追い越していた。そんなこともあって、ダブルスの前衛をまかされた彼のチームは、近畿大会まで行った。

その後、姉・兄と同じ高校へ進学した。高校では早くからテニス部の顧問に誘われていたようだが、兄からクラブ活動のきびしさを聞いていたようで運動部には入らなかった。結果的には、その後のコロナの影響で、スポーツ系クラブは活躍の場がだんだんなくなる高校生活となった。

まだ〝滑り止め〟と考えている某私立大学の入学金を振り込むために、銀行へ行く。行員は、おそらく派遣の四十代の女性。大学名の入った入学金の支払納付書を見て、

「おめでとうございます」

「腹立つんですわ。国公立の試験の前日がその納付書の期限ですわ。世の中、間違っとると思いませんか」

「ほんと、そうですネ。振込み先はどこにしますか?」

「一番安い所でいいんですが、どこも同じでしょ」

「はい、どこでも七百七十円になります。一番上のりそなにしておきますネ」

「お願いします」

手続きが終わって、

「28番でお待ちのお客様～。お待たせしました。おつりの二百三十円です。ありがとうございました」

「捨て金になることをお祈りします、って言えませんしね」

「ほんまにそうですネ」

「大学職員のボーナスがべらぼうなの、ようわかりますわ。ありがとう」

彼は思った。今度生まれかわったら、国会議員になって、少なくとも国公立の前期試験が終わるまで、私大は入学金を取ってはいけないという法律をつくりたい、と。

感謝、そして子供たちへ

長女の就職が決まった翌年の年賀状に、「1/3だけですが、肩の荷が下ろせます」と書いた。そしてこの春、長男も社会人としてスタートする。しかし、次男は今年、大学生になる。三人目にして、奨学金を本気で考えなければならなくなったが、何とかなるだろう。あとは、本人の努力次第である。

この子育て期間中、義父は亡くなり、義母の要介護度はだんだん進んだ。すでに、定年退職を迎えていた彼は、これから愛妻に尽くそうと考えている。結婚するまで彼女は、個人スーパーで正社員として働いていた。彼の勤務時間が普通ではなかったので、子供ができるまでは午後からのパートタイマーになった。お見合いで知り合ってから結婚までそんなにかからなかったから、二人で遊びに行ったことは少ない。新婚旅行も、彼が希望したインドへ黙ってついて来てくれた。やがて、三人の子供を大学に入学させるまでの彼女の苦労は、どんなものだったろうか。生計の中心に子供がいたことは確かだ。ずいぶん節約してくれたと考える。でも、あと四年、頑張ろう（次男がおそらく、社会人になるまでの辛抱だ）。そしたら、夫婦二人で、ゆっくり旅行にでも行きたい。愛妻の行きたい所へ。

子供たちに言ってきたことがある。

人生には、何度か二者択一をせまられることがある。AかBか、どちらか一方を選ばなければならない。その時、個人を取り巻く環境、事情、特に経済的なことはよく考えた上で、可能と思うベターな方を選べば良いと思う。

でも人間には、Aをしようかやめようかと悩むこともある。悩むということは、心のどこかに、ちょっとはAをしたいと願う気持ちがあるからだ。だったら、必ずAをやってみよう。うまくいかない時もある。人間だから。でもやってみなければ、後悔することにもなる。

プーチンがウクライナを侵攻する今、人間に平等なんかありはしないと確信する。生まれた時から、言葉にできない格差は必ず存在する。誰にでも平等なのは、一日が二十四時間ということだけである。

あとがき

第五回 人生十人十色大賞に応募し、入選すらしなかった私の自分史を、最後まで読んでいただきありがとうございます。

さて、昭和生まれの私がこの世を去る頃、個人の葬儀はどのようになっているでしょうか。このあとがきを記している今（令和四年）、和歌山の田舎でも、自宅で葬儀をする家はほとんどありません。大小問わず、セレモニーホール的な所で通夜と翌日に本葬することが多いのですが、御香典を受け取るお葬式はずいぶん減ってきたように思います。しかも、昔のように「子供の結婚式は親の見栄で親の葬式は子供の見栄」といった時代ではなくなり、家族葬や個人葬が主流になっていくでしょう。

しかし、どんな形の葬儀であっても、受付で必ず、喪主のお礼の言葉として〝御会葬御礼〟のような形で挨拶状を受け取ります。この本を出版するにあたり、この挨拶状と共に私のこの自分史を、ご会葬者の皆様にお渡しすることを希望しております。私の死後、おそらく三人の子供たちが中心になって、何らかの葬儀を執り行ってくれると信じており、その時、この私の希望を叶えてくれるでしょう。また、会葬された式場での祭壇に置かれた遺影は、この自分史を胸に抱いた写真にしたい。遺言と言えば大げさすぎるのですが、自分史が完成した時点で、私は遺影の写真を残すつもりです。

浦部保男としてこの世に生まれ、三浦保男としてこの世を去っていく。それこそが、私の生きた証なのです。

子供たちが、私の考えたお葬式にしてくれることを心より願っています。

とは言え、私はまだまだ元気です。この春大学生になった末っ子の自立まで、少なくとも四年間は柿を作り続けなければなりません。

作品の終盤に、三人目の子供にして本気で奨学金を考えなければならなくなったことを書きましたが、本人の努力もあり日本学生支援機構だけでなく、公益財団法人の給付型の奨学金も決定していただきました。そのことが、この自分史を出版するのに背中を押してくれたことを書き添えておきます。

まだまだ先だと思いますが、もし、式場でこの本を受け取った方、本日のご会葬、本当にありがとうございました。

著者プロフィール
三浦部 保男（みうらべ やすお）
1960年（昭和35年）生まれ。
大学卒業後、求人情報の広告営業、出身地の議会議員、ニット編み工員、鋳物による排水管用継手メーカー等を経験し、現在は柿作りの農家。
３人の子供の父親でもある。

井の中の蛙 人は繫がっていることを知る

2023年４月15日　初版第１刷発行

著　者　三浦部 保男
発行者　瓜谷 綱延
発行所　株式会社文芸社
〒160-0022　東京都新宿区新宿1－10－1
電話　03-5369-3060（代表）
03-5369-2299（販売）

印刷所　神谷印刷株式会社

ISBN978-4-286-30052-8